Jeux de monstres

Biographie

R. L. Stine est né en 1943 à Colombus aux États-Unis. À ses débuts, il écrit des livres interactifs et des livres d'humour. Puis il devient l'auteur préféré des adolescents avec ses livres à suspense. Il reçoit plus de 400 lettres par semaine ! Il faut dire que, pour les distraire, il n'hésite pas à écrire des histoires plus fantastiques les unes que les autres. R. L. Stine habite New York avec son épouse Jane et leur fils Matt.

R. L. Stine

Chair de poule®

Jeux de monstres

Traduit de l'américain
par Nathalie Vlatal

Dixième édition

bayard jeunesse

Titre original
GOOSEBUMPS n° 43
The Beast from the East

Loi n° 49-956 du 16 juillet 1949
sur les publications destinées à la jeunesse
Dépôt légal : Avril 2021

ISBN : 979-1-0363-2048-4

PEFC PEFC/14-38-00277

Avertissement

Que tu aimes déjà les livres ou que tu les découvres, si tu as envie d'avoir peur, Chair de poule est pour toi.

Attention, lecteur !

Tu vas pénétrer dans un monde étrange où le mystère et l'angoisse te donnent rendez-vous pour te faire frissonner de peur… et de plaisir !

1

Quand j'étais petite, maman venait me border tous les soirs. Elle déposait un baiser sur mon front et me murmurait à l'oreille : « Bonne nuit, Joanna. Ne laisse pas les punaises te dévorer ! »
N'ayant jamais vu de punaises de ma vie, je les imaginais se faufilant sous mes draps, toutes rouges, avec de grands yeux. Rien que d'y penser, ça me démange encore !
Puis c'était le tour de papa. Il me chantait toujours la même berceuse, très doucement. En fait, cette chanson me terrorisait au lieu de m'endormir. Il y était question d'une promenade dans les bois et de centaines d'oursons qui cherchaient des petits enfants… pour les manger au goûter.
Dès que mes parents avaient quitté ma chambre, je me grattais et tremblais pendant un bon moment. Pas étonnant que j'aie fait pendant très longtemps

des cauchemars peuplés de punaises et d'ours ! Mais, maintenant, j'ai douze ans, je suis devenue une grande fille et je n'ai plus peur de rien.
Enfin… L'été dernier, lorsque je me suis aperçue que des créatures plus terrifiantes que les ours hantaient les bois, j'étais terrorisée. Mais mieux vaut commencer par le commencement…

C'était le premier jour des vacances et mes parents avaient décidé de nous emmener camper. Il faisait un temps superbe, un soleil radieux et l'air frais sentait bon les pins. Nous marchions le long d'un sentier, dans un sous-bois, et les brindilles craquaient sous nos pas. La balade était vraiment très agréable.
Il y avait juste un problème : depuis que nous étions partis de la maison, après le déjeuner, papa n'arrêtait pas de rappeler à l'ordre Pat et Jack, mes frères jumeaux de dix ans.
Petits et maigres, ils ont un visage rond, de grands yeux marron et de longs cheveux séparés par une raie au milieu. Bien entendu, ils s'habillent exactement de la même façon, avec des jeans bouffants et des T-shirts de hockey rouge et noir. Le seul moyen de les reconnaître, c'est de leur demander leur prénom. Même nous, nous devons le faire. Donc, papa était très énervé à force de se retour-

ner toutes les deux minutes pour les surveiller. D'abord à cause de Jack qui avait l'habitude de disparaître ! Il adore monter aux arbres et, dès qu'il en voyait un qui lui plaisait, il grimpait dessus. D'ailleurs, mon frère a tout du chimpanzé. Quand je le compare à un singe, il ricane, se frappe la poitrine et imite le cri du gorille.
Pat aussi faisait enrager mon père. Il avançait, les yeux fixés sur son jeu électronique, les doigts crispés sur les boutons…

Le chemin que nous empruntions venait de déboucher sur une clairière. Était-ce l'endroit où nous allions camper ? Je l'espérais. J'avais chaud, et mon sac à dos commençait à peser lourd.
– Enfin, Pat, s'écria papa de sa grosse voix. À quoi ça sert de te promener si tu gardes les yeux fixés sur cette machine ? Range-la immédiatement et admire un peu le paysage !
– Je ne peux pas, protesta Pat. Je suis arrivé au niveau 6, c'est la première fois que…
– Regardez, le coupa maman en nous désignant un hérisson.
Elle remarque toujours tout ce qui bouge.
– Jack, tu as vu… Mais où est-il passé ? s'exclama papa, excédé.
– Je suis ici, répondit mon frère.

Levant la tête, je l'aperçus. Il était assis en haut d'un chêne bien tranquillement.
– Veux-tu descendre de là, rugit mon père. C'est dangereux !
– Ça y est, j'en suis au niveau 7 ! s'écria Pat en agitant frénétiquement sa console.
– Oh ! fit maman, deux lapins de garenne. Ils courent dans les hautes herbes, là !
– Si on quittait cette clairière ? dis-je, énervée. Il fait trop chaud ici. Allons plutôt dans la forêt, dans l'ombre.
– Voilà enfin une parole raisonnable, reconnut papa, à moitié sérieux.
Dès que Jack nous eut rejoints, nous continuâmes à travers bois pendant une demi-heure. C'était magnifique, et tellement calme ! Des rayons de soleil filtraient à travers les branches et venaient éclairer le chemin. Soudain, je me surpris à fredonner la berceuse des ours. Elle m'était revenue d'un seul coup, sans que je sache pourquoi. Peut-être à cause du décor…
Nous nous arrêtâmes au bord d'une autre clairière, près d'une rivière.
– Cet endroit est parfait pour planter notre tente. Qu'en pensez-vous ? demanda maman.
Nous déposâmes nos sacs. Les parents commencèrent à défaire l'équipement. Pendant ce temps,

les jumeaux lançaient des cailloux dans l'eau. Ils en profitèrent pour se disputer, ce qui exaspéra papa, bien entendu.

– Joanna, emmène tes frères se promener et essaie de les perdre ! dit-il avec un sourire en coin.

Évidemment, ce n'était qu'une plaisanterie, mais j'acceptai avec joie.

Une plaisanterie ? C'est ce que je croyais…

2

– Qu'est-ce qu'on fait ? demanda Jack.

Il avait ramassé une branche qui lui servait de canne.

Une demi-heure s'était écoulée depuis notre départ de la clairière. Nous avions longé la rivière où nageaient des poissons argentés. Puis nous étions entrés dans la forêt pour suivre un sentier qui serpentait entre les arbres, les buissons et quelques rochers.

– Si on jouait à cache-cache ? proposa Pat en donnant une tape dans le dos de son frère. C'est toi qui comptes !

– Non, c'est toi, s'écria Jack en lui rendant son coup.

– Non, ça sera moi, décrétai-je pour éviter qu'ils s'entre-tuent. Mais n'allez pas trop loin.

Je m'appuyai contre un bouleau, fermai les yeux

et me mis à compter jusqu'à cent. Arrivée à trente, j'allai de dix en dix, pour ne pas leur laisser trop de temps.

– 90… 100 ! Que vous soyez prêts ou non, j'arrive, annonçai-je dès que j'eus terminé.

Je trouvai Pat tout de suite. Une mèche de ses cheveux noirs dépassait du talus derrière lequel il s'était dissimulé.

Pour Jack, ce fut un peu plus compliqué. Il s'était bien sûr réfugié au sommet d'un chêne. S'il ne m'avait pas lancé une poignée de feuilles, j'aurais eu du mal à le découvrir.

– Descends ! lui criai-je, furieuse. Descends de là immédiatement !

Il ricana, content de lui, et demanda depuis son perchoir :

– Je t'ai touchée, au moins ?

Je ne répondis rien, mais quand il fut descendu je lui frottai le visage avec une touffe d'herbe, jusqu'à ce qu'il me supplie d'arrêter.

Nous courûmes ensuite après un écureuil qui alla s'abriter en haut d'un pin. La poursuite nous força à parcourir une distance importante. Cette partie de la forêt, beaucoup plus dense, était plongée dans une demi-obscurité. L'air aussi était plus frais, et je me mis à grelotter.

– On rentre, ordonnai-je, soudain mal à l'aise. Les parents doivent commencer à s'inquiéter.
Les garçons ne discutèrent pas.
– Par où on va ? demanda Jack.
Je regardai de tous les côtés.
– Par là, dis-je d'un air décidé.
J'avais une intuition et j'étais presque sûre de moi.
– Tu crois vraiment que c'est par là ? commença Pat, soupçonneux.
Il était visiblement anxieux. Il faut dire qu'il n'aime pas autant la nature que Jack et moi.
– J'en suis certaine, affirmai-je calmement.
J'ouvrais la marche, suivie de près par les jumeaux. Je ne cherchais plus qu'à retrouver mon chemin. Pour être honnête, j'étais perdue. Heureusement, au bout de quelques mètres une surprise nous attendait.
– Voilà la rivière, annonçai-je soulagée.
Nous avancions donc dans la bonne direction. Il ne nous restait qu'à suivre le courant. Tout joyeux, nous courûmes le long de la rive couverte d'herbe et débouchâmes sur la clairière où nous campions.
– Papa, Maman, nous voilà ! Nous sommes revenus ! m'écriai-je.
Mais je m'arrêtai brutalement.
J'avais beau regarder autour de nous… la clairière était vide !
Nos parents avaient disparu !

3

– Ils nous ont abandonnés ! hurla Pat.
– Mais non, que tu es bête ! se moqua Jack. On s'est simplement trompés d'endroit.
– Il a raison, approuvai-je. Il n'y a pas de traces de pas ou de piquets de tente. C'est évident, nous sommes dans une autre clairière.
– Je croyais que tu connaissais le chemin ! s'écria Pat. Qu'est-ce qu'on t'a appris aux scouts, l'année dernière ?
L'été précédent, mes parents m'avaient obligée à passer deux semaines dans un camp de scouts, pour me familiariser avec la nature. Seulement, j'étais tombée malade dès le début et j'avais passé dix jours au lit. Dommage !
– Eh bien… on… on aurait dû laisser des marques sur les arbres pour retrouver notre chemin, dis-je.

– Et maintenant, on fait quoi alors, madame la scout ? grogna Jack.
Il ramassa un long bout de bois tordu et l'agita sous mon nez.
– Donne-moi ça, ordonnai-je, vexée.
Dès que je m'en emparai, une mousse jaune se répandit sur ma main. Son odeur aigre me prit à la gorge.
– Bah ! fis-je, écœurée.
Je lançai le bâton au loin et m'essuyai sur mon jean. Mais la tache jaune refusa de partir de ma peau.
« C'est bizarre, pensai-je. Ça ne me plaît pas. »
Je commençais à m'inquiéter sérieusement. À cause de cette marque, et parce que je n'avais aucune idée de l'endroit où nous étions !
– Essayons de suivre le courant, proposai-je. Papa et maman ne doivent pas être loin.
Nous quittâmes la clairière et retournâmes vers le sentier qui longeait la berge. Pour s'occuper, Pat et Jack lancèrent des cailloux dans l'eau et jouèrent à se pousser. À intervalles réguliers, nous appelions nos parents.
Le soleil descendait à l'horizon. Il faisait de plus en plus frais. À la vue des poissons argentés qui sautaient hors de l'eau noire et boueuse, les jumeaux se calmèrent. Cette atmosphère devenait

angoissante ! Avancions-nous vraiment dans la bonne direction ?
– C'est bizarre, dit alors Pat, nerveux. Je n'avais pas remarqué cette plante près de notre campement. Il indiquait de larges feuilles qui s'ouvraient pour former des ombrelles empilées les unes sur les autres. La présence de cette végétation m'intrigua aussi.
– Tu crois qu'on est sur le bon chemin ? me demanda Jack.
J'allais répondre quand un son étrange retentit, tout près de nous.
– Ce sont les parents ! s'exclama Pat.
Sans plus attendre, nous courûmes sur l'étroit sentier et débouchâmes sur un espace dégagé. C'était une vaste prairie qui aurait pu abriter une centaine de tentes. Mais il n'y avait personne !
Mon cœur s'emballa, cognant dans ma poitrine. L'herbe était haute et de couleur rouille. À ma droite, j'aperçus une plante qui ressemblait à un gigantesque chou.
– C'est super ici, dit Jack. Tout est tellement grand.
Quant à moi, cet endroit ne me plaisait pas du tout. Il me donnait plutôt la chair de poule.
Le champ était entouré d'arbres géants et étranges. Les branches faisaient des angles parfaitement droits avec le tronc. Elles formaient des escaliers

qui montaient jusqu'aux cimes. Elles étaient également recouvertes d'une mousse rouge et supportaient des grappes jaunes qui se balançaient dans le vide.
Mais où étions-nous ? Ce décor tenait plus d'une jungle bizarre que d'une forêt.
Je sentis mon estomac se nouer.
Et où était notre clairière ? Où étaient les parents ?
Jack s'avança vers un arbre et voulut grimper dessus.
– Pas question ! lui dis-je en le retenant par son T-shirt.
Soudain, ma main droite frôla la mousse. Ma paume, déjà tachée de jaune, se retrouva immédiatement barrée de rouge.
Quel pouvoir avait cette étrange forêt ? J'allais poser cette question aux jumeaux, quand quelque chose se mit à bouger dans l'arbre.
– Attention ! criai-je.
Un animal incroyable sauta d'une branche et atterrit à mes pieds. Il ressemblait à un grand écureuil. Il était tout brun, à l'exeption d'un rond blanc entourant l'un de ses yeux gris. Il avait une queue épaisse et de longues oreilles de lapin. Ses incisives étaient celles d'un castor, et son nez plat remuait sans cesse. Il me dévisagea, puis, apeuré, fila comme l'éclair.

– Drôle de bête, commenta Pat. C'était quoi ?
– Je ne sais pas…, dis-je en haussant les épaules. Une créature des bois.
– J'ai un peu peur, admit-il en se blottissant contre moi.
Moi aussi, j'avais peur, mais j'étais l'aînée et je devais faire comme si de rien n'était.
– Ne t'inquiète pas, tout va bien, le rassurai-je en baissant la tête vers lui.
C'est alors que je vis ma botte. Elle reposait sur une empreinte de pas trois fois plus grande que mon pied ! Quel géant avait pu laisser une trace pareille ? Un ours ? Un gorille de cinq mètres ?
Je n'eus pas le temps d'approfondir le sujet. La terre se mit à trembler.
– Vous avez senti ? demandai-je à mes frères.
– C'est papa ! s'écria Pat.
Non, ce n'était pas notre père. Il avait beau être grand et fort, jamais il n'aurait pu faire vibrer le sol comme ça.
Soudain, des grognements et des rugissements retentirent. Ils étaient si proches qu'ils nous glacèrent le sang. Des branches volèrent dans tous les sens ! Figés surplace, impuissants, nous vîmes une bête surgir de la forêt et pénétrer dans la clairière. Elle était immense !
Sa tête pointue, étroite, était plantée sur un très

long cou. Ses yeux brillaient comme des émeraudes. Son corps était couvert de poils bleus et sa longue queue frappait l'herbe d'un mouvement régulier. Je n'avais jamais vu une créature aussi horrible !

Elle ne nous avait pas encore repérés. Quand elle s'approcha de nous, j'en eus le souffle coupé. Je pouvais distinguer son museau, dont les larges narines remuaient. Avait-elle senti notre présence ? Nous cherchait-elle ?

Les jumeaux s'agrippèrent à moi. Je m'agenouillai et les forçai à m'imiter. Tassés, nous tremblions comme des feuilles.

La bête ouvrit la bouche, montrant une double rangée de dents jaunes et acérées. Un croc démesuré pendait jusqu'à son menton. Elle se mit à décrire de grands cercles en reniflant le sol. Ses oreilles pointues bougeaient dans tous les sens. Paralysée, je ne pouvais ni parler ni penser !

Soudain, le monstre dirigea son regard vers moi. Il m'avait découverte !

4

Sans quitter la créature des yeux, j'attrapai les jumeaux par leurs T-shirts et les entraînai derrière un chou gigantesque.
De l'autre côté de la clairière, on voyait la bête. Elle humait l'air, les narines dilatées, et respirait fort. Elle regardait toujours de notre côté. Puis elle se remit à marcher de long en large. Le sol tremblait à chacun de ses pas. Les jumeaux frissonnaient.
Sans que l'on ait pu le prévoir, le monstre changea brusquement de direction.
« Ouf, pensai-je en me mordant la lèvre inférieure. Il ne nous a pas aperçus. »
– Agrrh ! fit-il en se mettant à quatre pattes.
Il pressa son museau contre l'herbe en reniflant bruyamment.
Il fallait se rendre à l'évidence : s'il ne nous avait

pas vus, il avait malheureusement senti notre présence ! Furieux, il fouettait les arbres de sa longue queue, faisant tomber des fruits.
Il rampa vers le milieu de la clairière et s'approcha un peu plus de nous !
J'étais terrorisée. Je serrais les poings, priant pour qu'il s'éloigne.
– Va-t'en d'ici, rentre dans les bois, chuchotai-je, la bouche sèche.
Il était maintenant à trois mètres de notre cachette. Il renifla encore une fois et s'avança, décidé.
– Couchez-vous, murmurai-je en forçant les jumeaux à s'allonger.
À plat ventre sous les feuilles du chou, nous vîmes l'horrible créature s'arrêter si près de nous que sa queue frôla mon bras. Je sentis l'affreux contact de sa fourrure aux poils hérissés et piquants. Immobile, je me mordis les lèvres pour ne pas crier. Au lieu de se pencher vers nous, elle se redressa sur ses pattes arrière. Le monstre devait bien mesurer plus de trois mètres de haut. Il se gratta le torse avec son pouce et une grimace de contentement contracta son museau. « Ne nous regarde pas », le suppliai-je, les muscles tendus.
Comme s'il m'avait entendue, il grogna en promenant sa longue langue sur ses crocs. Puis il s'éloigna vers la forêt.

Je poussai un long soupir de soulagement.
– Attendons quelques minutes et filons d'ici, dis-je aux jumeaux pétrifiés.
Je comptai jusqu'à cent, et commençai à contourner le chou en rampant. Pat et Jack me suivirent.
Il n'y avait pas de monstre en vue…
Soudain, la terre trembla.
Non ! Il revenait !

5

L’énorme tête du monstre se dandinait entre les arbres. Nous reprîmes immédiatement notre place sous le chou.

– Il faut partir d’ici, murmurai-je. Il est revenu pour nous chercher et il va finir par nous trouver.

– Oui, fit Jack, qui essayait de reprendre courage. Mais comment on va faire ?

Je me mis à genoux et ramassai un drôle de fruit qui ressemblait à un ananas :

– Je vais le lancer le plus loin possible. Le monstre va tourner la tête pour voir d’où vient le bruit et, pendant ce temps, on filera de l’autre côté.

– Et si jamais il nous voit ? objecta Jack, qui ne semblait pas apprécier mon plan. S’il nous poursuit ?

Les jumeaux échangèrent des regards apeurés.

– Oui, si jamais il court plus vite que nous, ren-

chérit Pat, qu'est-ce qu'on fera ? Tu peux nous le dire ?
– Il ne pourra pas, il est trop lourd, bluffai-je, essayant de ne pas montrer que je tremblais.
Maîtrisant ma peur, j'écartai les feuilles du chou gigantesque pour jeter un coup d'œil. La bête était tout près, humant l'air, remuant son museau rose. C'était le moment ! Je levai lentement le fruit pour le lancer…
– Attends ! m'interrompit Pat en retenant mon bras.
Je demeurai glacée d'horreur. Un autre monstre avait pénétré dans la clairière !
Et puis un autre ! Et encore un autre ! Il en venait de partout, rendant notre fuite impossible.
Ils marchaient lourdement, en grognant. Ils semblaient discuter. L'un d'eux s'arrêta. Il poussa un râle profond, effrayant. Les plis de son cou dépourvu de poils remuèrent d'avant en arrière.
– Regarde, dit Jack, les yeux exorbités. Il y en a au moins deux douzaines.
Un animal plus petit rejoignit la troupe en trottinant. Il mesurait à peine un mètre. Son poil brillait d'un bleu vif.
« Ça doit être un bébé », pensai-je.
Comme les autres, il posa son museau rose sur l'herbe et se mit à renifler. Il tournait la tête dans

tous les sens, avec la curiosité de quelqu'un qui cherche de la nourriture. Il paraissait avoir très faim !

– Celui-là ne me plaît pas, murmura Pat en le désignant.

– Chut ! ordonnai-je.

Je retins ma respiration.

Soudain, le petit ramassa un fruit. Il s'allongea et l'avala d'un seul coup. Du jus jaune coula entre ses babines et tacha sa fourrure.

– Il mange des fruits, fis-je remarquer tout bas. C'est bon signe. Ils sont peut-être végétariens.

Un des monstres adultes se dirigea lourdement vers lui et le remit sur ses pattes. Grognant un reproche, il le traîna sans ménagement jusqu'au bois. Le grand monstre au cou nu se planta au centre de la clairière.

– Grugh ! grogna-t-il en s'adressant aux autres avec autorité.

Il leva un bras velu. Dès qu'il eut obtenu le silence, il commença… un discours !

Ce devait être le chef. Le groupe approuvait de la tête ou faisait des commentaires. Ils paraissaient très bien se comprendre. Ce que nous prenions pour des grognements était en fait un vrai langage. Lorsque le chef eut terminé de parler, ils retournèrent vers la forêt. Ils se faufilèrent entre les arbres, arrachant des branches et des feuilles sur leur passage. Leurs pas faisaient trembler la terre. En quelques instants la clairière fut de nouveau vide.

Je poussai un long soupir de soulagement.

– Qu'est-ce qu'ils fabriquent ? demanda Pat.

– Ils ont l'air de chercher quelque chose, dit Jack en essuyant son front couvert de sueur. Ils partent peut-être à la chasse ?

J'avalai ma salive avec difficulté, car je savais qu'il avait raison : ils cherchaient du gibier. Et ce gibier… c'était nous !

Visiblement, les monstres s'étaient dispersés pour ne pas manquer leur proie !

Nous n'avions pas la moindre chance de nous échapper. Si nous bougions, ils ne pouvaient pas nous rater !

6

Je me relevai lentement pour scruter les bois qui entouraient la clairière. Où s'étaient cachés les monstres ?

Leurs grognements étaient maintenant à peine perceptibles. La terre ne tremblait plus. Ils devaient être loin.

Une rafale de vent frais siffla entre les arbres, faisant s'entrechoquer les fruits accrochés aux branches. Cette musique sinistre me donna des frissons.

– Partons d'ici tout de suite, s'écria Jack.

– Attends, lui dis-je en le retenant par le bras. Ils sont encore trop près. Ils risquent de nous entendre ou de nous voir.

– C'est sûr, mais on ne va pas rester coincés sous ce chou. Moi, je file. Je n'en peux plus de cet endroit. Il suffit de faire attention.

– Je vais avec toi, dit Pat en sautant sur ses pieds. On prend quelle direction, à ton avis ?
– Aucune, répondis-je, puisqu'on ne sait pas quel est le bon chemin. On va donc attendre sagement ici. Papa et maman finiront par venir nous chercher, j'en suis certaine !
– Et qu'est-ce qui se passera s'ils ne le font pas ? demanda Jack. Si ça se trouve, ils sont dans la même situation que nous…
– Papa sait toujours ce qu'il faut faire dans les bois, affirmai-je, sans toutefois en être assurée. Mais pas nous !
– Moi aussi, je sais ce qu'il faut faire, prétendit Pat. Je saurai me débrouiller. Allez, Jack, on y va ! Quel culot ! Lui qui a peur dès qu'on sort de la ville ! Mais il est têtu comme une mule et Jack est toujours d'accord avec lui.
– Tu viens, Joanna, oui ou non ? me lança-t-il.
– Vous êtes fous, m'écriai-je. Je vous répète qu'il vaut mieux attendre ici. C'est la première règle à respecter quand on est perdu. Papa et maman nous l'ont répété des dizaines de fois.
– D'accord, mais ils ne sont que deux, alors que nous sommes trois. C'est donc à nous de les retrouver.
– Écoute, ajouta Jack. On doit s'éloigner à tout prix de ces bêtes féroces.

– Bon, allons-y, finis-je par accepter, à moitié convaincue. Au moins, on restera ensemble.
En fait, je savais qu'on faisait une bêtise. Mais je n'avais pas le choix. Je ne pouvais pas laisser mes frères partir tout seuls, c'était trop dangereux. Et puis, je n'avais aucune envie d'être abandonnée au milieu de ces maudits bois !
Nous n'avions pas fait deux mètres qu'une forme s'agita dans les herbes hautes.
– Les… les monstres ! Les… les voilà ! bégaya Pat.
Terrorisé, il prit ses jambes à son coup. Il s'enfuit sans remarquer le petit animal qui se faufilait au ras du sol. Ce n'était qu'un écureuil.
– Attends-nous ! criai-je.
Mais il ne répondit pas. Il fallait absolument que je l'arrête. À peine m'étais-je mise à sa poursuite que je trébuchai sur une grosse racine qui sortait de terre. Je m'étalai de tout mon long et restai étourdie. Jack s'agenouilla et m'aida gentiment à me relever. Mais c'était trop tard, Pat avait déjà disparu dans l'épaisse forêt.
– Vite, il faut le retrouver ! m'exclamai-je en me frottant les genoux. Il est…
– Oh, non ! ce n'est pas vrai, m'interrompit Jack.
La clairière venait de se remettre à trembler. Les créatures étaient revenues !

Elles s'avançaient entre les arbres de leurs pas lourds. Quatre surgirent derrière nous, cinq à notre gauche, trois à droite… Il y en avait partout !
La plus grande leva sa patte velue et nous désigna. Les autres se mirent à grogner et à crier de joie.
– Ça y est ! Ils… ils nous ont vus, bredouillai-je.
– Joanna ! murmura Jack, les yeux emplis de terreur.
Je saisis sa main et la tins serrée dans la mienne. Les monstres se rapprochaient pour nous encercler. Impossible de nous échapper !
Nous étions perdus !

7

Une rafale de vent fit alors balancer les fruits étranges pendus aux arbres. Son bruit fut immédiatement couvert par les grondements sourds des créatures.

– Ça y est, ils vont nous avoir, répéta Jack en se serrant contre moi. Tu crois qu'ils ont déjà attrapé Pat ?

J'étais paralysée, incapable de répondre.

Mes forces m'avaient abandonnée, la sueur coulait le long de mon visage et me piquait les yeux. Je voulus l'essuyer, mais la peur avait engourdi mes muscles. Je ne pouvais même pas bouger les doigts !

Le monstre au cou nu, celui qui semblait être le chef, s'arrêta à quelques mètres de moi. Je trouvai enfin le courage de le regarder. Son ventre et sa large poitrine étaient couverts de fourrure dans

laquelle se promenaient des insectes noirs et brillants.
Tout en me fixant de ses yeux verts et impitoyables, il ouvrit la bouche, découvrant ses longs crocs aiguisés. Il prit une mine cruelle et leva une patte, prêt à frapper. Jack se pelotonna contre moi, si près que je sentis son cœur battre. Ou alors c'était le mien qui s'emballait !
Tout en grognant, la créature esquissa un mouvement. Elle allait en finir ! Non, elle me tapa sur l'épaule si violemment que je faillis tomber en avant.
– On va jouer, dit-elle d'une voix d'outre-tombe. Et c'est toi qui commences.

8

Je restai là, abasourdie, la bouche grande ouverte.

– Tu as compris ? demanda le monstre. On va jouer. Et c'est toi qui commences !

– Il… il parle…, bégaya Jack. Il parle notre langue !

– Je connais beaucoup de langues ! grogna la bête en se penchant vers mon frère. Notre cerveau est équipé d'un adaptateur universel.

Que signifiait cette plaisanterie ?

Ses yeux impatients étaient rivés aux miens. Il frappa le sol d'une patte nerveuse.

– Vous m'avez entendu ? demanda-t-il d'un ton très insistant.

– Qu'est-ce que vous voulez dire par : c'est toi qui commences ? lançai-je.

– Tu commences parce que c'est toi, la « bête qui vient de l'est », grommela-t-il.

– Quoi ? m'exclamai-je. Mais je ne suis pas une

bête, je suis une fille. Je m'appelle Joanna Wald !

– Moi, je suis Fleg, répondit-il en se frappant la poitrine.

Il désigna un de ses compagnons qui venait de nous rejoindre.

– Lui, c'est Spork, ajouta-t-il en lui tapotant le dos.

Le dénommé Spork émit un grognement à notre intention. Il lui manquait un œil. Une affreuse cicatrice s'étendait sur un côté de son nez.

Un être humain pouvait-il l'avoir blessé aussi gravement ? Non, il avait dû se battre avec un monstre terrifiant. Et, si Spork avait gagné, à quoi ressemblait le perdant ? Je préférai ne pas y penser et décidai d'être aimable. Ils ne semblaient pas aussi féroces que je l'avais cru.

– Voici mon frère Jack, ajoutai-je.

Spork répliqua par un grognement.

– Fleg, vous… vous n'auriez pas vu nos parents, par hasard ? osai-je demander. On est partis camper dans le coin et on s'est séparés. Alors, je vous remercie pour votre proposition, mais… mais on doit s'en aller pour les retrouver.

– Il y en a d'autres ? s'étonna Fleg qui fit le tour de la clairière du regard. Où ça ?

– C'est là le problème, intervint Jack, visiblement moins effrayé que moi.

Il paraissait même fasciné par Spork.
– On ne sait pas, reprit-il.
– Je comprends… seulement, si vous partez, on ne pourra pas jouer.
– C'est la règle, ajouta Spork en se grattant.
– Allez, dépêchons-nous. Il se fait tard, et c'est toi qui commences, insista Fleg en me regardant.
Je jetai un coup d'œil désespéré à Jack. Que voulaient-ils dire par : « On ne pourra pas jouer » ? Et pourquoi répétait-il que je devais commencer ? Commencer quoi ? Et où était Pat ? J'étais affreusement inquiète.
Les autres créatures se mirent à taper du pied en rythme, faisant trembler le sol.
– On joue ! On joue ! chantèrent-elles en chœur.
– Mais jouer à quoi ? demandai-je, exaspérée.
Spork écarquilla les yeux et me fit un beau sourire :
– C'est le plus chouette des jeux, mais vous ne pourrez pas gagner, vous êtes trop lents ! Vous devez partir en courant, annonça-t-il en se pourléchant les babines.
– Allez, courez, dit Fleg. Vite, avant que j'aie fini de compter.
– Et qu'est-ce qui se passera si on refuse ? dis-je, craignant le pire.
– Oui, ajouta Jack. Si on n'a pas envie ?

– C'est interdit, répondit Fleg avec calme. Vous n'aviez qu'à lire le panneau, celui qui est accroché là-haut.
Il tendit l'index en direction d'une pancarte fixée en haut d'un pin. Il y était écrit : SAISON DES JEUX. Nous ne l'avions même pas remarquée !
Fleg nous dévisagea d'un air menaçant, les sourcils froncés, remuant son museau rose.
– Sai… saison des jeux ? demanda Jack d'une voix tremblante.
– Alors, vous devez nous apprendre les règles, répliquai-je, parvenant à surmonter ma peur. Comment voulez-vous qu'on y arrive si on ne les connaît pas ?
Ma réflexion énerva Spork, qui émit un grognement sourd. Il s'approcha si près de moi que je pus sentir l'odeur aigre de sa fourrure. Il allait m'attaquer !
Fleg étendit la patte pour le retenir :
– C'est un jeu très amusant, très excitant.
– Et en quoi est-ce si excitant ? demandai-je, ironique.
Il sourit avec amabilité et répliqua froidement :
– Celui qui perd doit mourir !

9

Celui qui perd doit mourir ?

Il n'était pas question qu'on accepte !

– Vous avez jusqu'au crépuscule pour gagner, annonça Fleg. Lorsque le soleil se couchera derrière le grand saule…

– Et où est-il, ce grand saule ? l'interrompit Jack.

– Là-bas, au coin des bois, dit Fleg en tendant une patte.

– Quel coin ? Et puis, comment on reconnaîtra cet arbre ?

Fleg et Spork ouvrirent la bouche d'où sortit un son horrible qui devait être un rire. Les autres monstres s'empressèrent de les imiter.

– On ne peut pas jouer si on n'en sait pas plus ! protestai-je.

La troupe arrêta immédiatement de s'esclaffer.

Spork se gratta la poitrine :

– C’est simple comme bonjour. Si, au coucher du soleil, tu es encore la « bête qui vient de l’est » et que tu n’es pas sous le grand saule, vous aurez perdu.
L’assemblée approuva par des grognements.
– Et qu’est-ce qui se passe quand on perd ? demandai-je d’une petite voix.
– Du sel, du poivre, quelques herbes. On vous assaisonne un peu, on goûte…
– Vous faites quoi ?
– On vous grignote à l’apéritif. Et puis on termine au dîner !

10

Les créatures explosèrent de rire, ou plutôt elles émirent un ignoble gargouillis qui me donna la nausée.

– Il n'y a rien de drôle ! hurla Jack, plus en colère qu'effrayé.

– Mais c'est notre jeu favori ! s'indigna Fleg en fronçant les sourcils.

– Eh bien, il ne nous plaît pas, à nous, ajoutai-je. On refuse !

– Vous voulez dire que vous vous rendez ? demanda Spork, dont les yeux pétillèrent. Vous abandonnez la partie ?

– NON ! m'écriai-je, comprenant que si nous refusions, nous serions mangés immédiatement. On accepte de jouer, mais on veut comprendre les règles. Il faut nous les apprendre.

Un nuage passa au-dessus de nos têtes, masquant le soleil et projetant son ombre sur la clairière. Je frissonnai.

– Vous êtes pris dans l'ombre, s'écria soudain Spork.

– Oui, dans l'ombre, ajouta Fleg.

– Et alors ? demandai-je.

Le nuage s'éloigna lentement.

– Nous n'avons pas le temps de vous expliquer, répondit Fleg en levant une patte. On y va ! Nous avons perdu trop de temps.

– Ce n'est pas juste, s'indigna Jack. On ne sait même pas par quoi commencer.

– Bon, d'accord, décida Fleg d'une voix lasse. Écoutez bien, je ne répéterai pas. D'abord, Joanna, tu dois toujours attaquer en venant de l'est !

– Att… attaquer qui ? bredouillai-je.

– Tu verras en temps utile, répondit Fleg, l'air imperturbable.

Et où était l'est ? J'essayai de me représenter une carte. À en juger par la position du soleil, il était sur ma droite. Oui, mais une fois que nous serions dans la forêt sombre, serait-il aussi facile à trouver ? Si seulement j'avais appris à m'orienter au camp scout !

– Ensuite, les endroits bruns sont les « zones de repas gratuit », continua Fleg.

– Vous voulez dire qu'on s'y repose ? demandai-je. On y est en sécurité, c'est ça ?
– Non ! Ça signifie que n'importe qui a le droit de vous manger ! dit-il en reniflant bruyamment, ses yeux plongés dans les miens. Enfin, pour pouvoir jouer, il faut mesurer au moins un mètre.
– Pour ça, pas de problème, répliquai-je d'un ton ferme. Merci pour ces explications, mais on ne peut pas jouer, il faut qu'on retrouve nos parents.
– Vous devez jouer ! hurla Fleg. Tu es la « bête qui vient de l'est », un point, c'est tout. C'est simple, sinon vous vous rendez. Et on vous dévore !
– Le soleil va bientôt se coucher, ajouta Spork en se léchant les babines. Vous ferez des perdants délicieux. Je vous vois très bien accompagnés d'une sauce aigre-douce, ou peut-être un peu épicée.
La plaisanterie amusa les autres monstres, qui rirent à gorge déployée. Voilà qui n'arrangeait pas nos affaires. Nous étions obligés d'accepter leur proposition stupide !
Fleg se retourna vers les bois.
– Bonne chance ! glissa-t-il dans un sourire.
– Bonne chance, répéta Spork en grimaçant.
Fleg donna le signal du départ et la troupe le suivit. Comme d'habitude, la terre trembla sous leurs pieds. En un instant, ils quittèrent la clairière.
Nous étions seuls, abandonnés.

« Ce n'est pas un jeu, pensai-je. Ces horribles monstres cherchent les enfants perdus, comme dans la berceuse des ours… »

– Qu'est-ce qu'on fait ? m'interrompit Jack, désespéré. Si ça se trouve, ils ont déjà trouvé Pat sur leur « zone de repas gratuit » et ils l'ont peut-être même… grignoté !

– Et papa et maman aussi, murmurai-je.

De la bouche de Jack sortit une plainte sourde.

– Écoute, il y a sûrement un endroit où on sera en sécurité ! le rassurai-je. Tu sais, comme lorsqu'on joue à chat et qu'on monte sur un escalier en disant : pouce !

– Tu vois un escalier dans le coin ? dit-il en avalant sa salive avec difficulté.

– Non, admis-je en haussant les épaules.

– On peut demander un « temps mort ». Ça existe dans le jeu.

– Ça m'étonnerait qu'ils nous en accordent ! C'est notre vie qui sert d'appât.

Soudain, une rafale de vent siffla à travers les arbres, faisant bruisser les feuilles. Un grondement suivit, puis l'affreux rire des monstres. Des brindilles craquèrent, des buissons furent agités, des grognements sourds montèrent de la forêt.

– On ferait mieux de se dépêcher, pleurnicha Jack. Ils commencent à avoir faim.

11

– On ne gagnera jamais, gémit Jack. Les bêtes sont trop nombreuses. Elles vont nous rattraper. Et puis, on ne sait même pas ce que veut dire « attaquer » et où se trouve leur saule !

– Il faut partir d'ici. Nous n'avons pas le choix.

À peine avais-je terminé ma phrase qu'au-dessus de nous des feuilles remuèrent, des branches se tordirent. Mais ce qui m'effraya le plus, ce fut le bruit des pas !

Je poussai un cri et sautai en arrière.

Un animal brun venait de tomber à mes pieds. Il était pareil à celui que nous avions aperçu en arrivant dans la clairière et qui ressemblait à un grand écureuil. Il se frotta contre ma jambe en gloussant de plaisir.

– Au moins celui-là n'a pas l'air méchant, dit Jack en se penchant pour le caresser.

La bête lui attrapa un doigt. Elle y enfonça quatre dents pointues avant de se réfugier dans un taillis.
– Aïe ! cria Jack en reculant. Il n'y a pas de créatures normales dans cette forêt ?
– Chut ! Tu entends ? fis-je en posant un doigt sur mes lèvres.
– Je n'entends rien…
– Justement, c'est ça qui est surprenant !
Les grognements, les grondements, les rires sinistres, tout avait disparu. Les bois étaient redevenus totalement silencieux.
– C'est le moment de tenter notre chance, dit Jack en me prenant par la main. Filons !
—Attends, par où ? m'écriai-je en désignant le paysage qui s'étendait devant nous.
– Suivons la rivière à contre-courant, proposa-t-il. On retrouvera peut-être les parents.
– D'accord, fis-je, trouvant son idée excellente.
Nous traversâmes la clairière en courant à toutes jambes, jusqu'à l'orée du bois.
– Par ici, dis-je en montrant la gauche.
– Pourquoi par ici ?
– Parce que ! répondis-je, impatientée. Je vois de la lumière au loin. La forêt doit être moins épaisse de ce côté. Et près de la rivière il y avait moins de végétation, tu te souviens ?
Jack accepta mon explication. Tandis que nous

courions en silence, les arbres se firent de plus en plus rares. Ils furent bientôt remplacés par des buissons couverts d'épines.
Soudain, je m'arrêtai.
– Écoute ! fis-je.
– La rivière !
Nous nous précipitâmes. Nous étions tellement excités que nous y arrivâmes tout essoufflés.
– Et maintenant, qu'est-ce qu'on fait ? demanda Jack.
– On continue par la gauche. On avait le soleil en face de nous quand on est parti, maintenant on doit l'avoir dans le dos.
J'étais certaine d'être sur le bon chemin. Nous allions retrouver les parents.
– Baissons-nous et ne faisons pas de bruit, ordonnai-je. Au cas où les monstres nous auraient suivis. Et regardons partout si nous ne voyons pas Pat.
Où était-il ? Avait-il rejoint le campement ? Se cachait-il dans un coin, tremblant de peur ?
Penser à ce pauvre Pat me redonna du courage. Il fallait garder notre sang-froid si nous voulions l'aider. J'espérais qu'il ne serait pas trop tard.
Nous avançâmes courbés sur la berge, écartant les hautes herbes qui projetaient leurs ombres sur l'eau. Les poissons bleus faisaient des ronds à la surface. Tandis que je les observais, je trébuchai

sur une branche et me rattrapai à un arbuste. J'écrasai les feuilles dans ma main. Une mousse bleue jaillit.
Et une couleur de plus ! D'abord le jaune, ensuite le rouge et maintenant le bleu !
– Joanna ! s'exclama tout à coup Jack.
Je me retournai. Il indiquait son pied. Qu'allais-je encore découvrir ?
– Une empreinte ! dis-je en explosant de joie.
Sa botte s'adaptait parfaitement à l'empreinte.
– Pat ! criâmes-nous d'une seule voix.
– Il est passé par ici ! s'exclama Jack.
– Oui, il a trouvé le chemin jusqu'à la rivière.
– Il est peut-être rentré au camp ! Nous n'avons qu'à suivre ses pas…
J'étais soulagée. Je m'imaginais la tête de Pat et celles de nos parents quand ils nous verraient enfin arriver !
Les traces longèrent le cours d'eau avant de s'enfoncer dans les bois, à travers les arbres. Nous les suivîmes. Le sentier devint plus étroit et la végétation plus touffue. Le soleil disparut.
Le silence fut soudain troublé par un grognement que nous connaissions trop bien. Il retentit juste derrière nous.
Le sol trembla.
– Vite ! hurlai-je. Les voilà.

Je poussai Jack devant moi. Nous reprîmes notre course. Je n'avais aucune idée de la direction que nous empruntions.
Les branches nous fouettaient le visage. Nous dûmes tendre les bras pour les écarter. Après notre passage, elles se balançaient et s'entrechoquaient. J'en saisis une, longue, jaune et épaisse. Quelle horreur ! Elle était chaude et humide. Soudain, elle s'enroula autour de mon bras. Je me dégageai. Une autre m'enlaça !
C'étaient des lianes !
Descendant du haut des arbres, elles s'enchevêtraient pour former des tresses qui formaient à leur tour une sorte de filet pendant entre les troncs. Certaines traversaient même le sentier. Nous devions sauter afin d'éviter qu'elles s'agrippent à nos jambes. C'était épuisant !
Jack était éreinté. J'avais un point de côté et n'arrivais pas à reprendre mon souffle. Il aurait fallu s'arrêter, mais nous n'avions pas le temps. Le sol vibrait toujours. Les bêtes criaient. Leurs hurlements résonnaient dans l'immense forêt.
Elles nous rattrapaient !
– Attention ! m'avertit brusquement Jack.
Devant nous, les étranges lianes avaient fait un énorme nœud qui barrait le chemin. Jack prit son élan et passa au-dessus de l'obstacle monstrueux.

Je sautai aussi, mais… pas assez haut. Une liane attrapa mes chevilles et s'enroula aussitôt autour de mes jambes. Je tombai par terre. J'essayai de me libérer, de l'arracher. Rien à faire ! Une autre me prit à la taille, serrant de plus en plus fort.
– Jack, au secours ! hurlai-je.
– Je suis pris aussi, Joanna. Viens m'aider ! supplia mon petit frère.
Comment aurais-je pu l'aider ? J'étais incapable de bouger.
Quand je vis deux points brillants se dresser à la hauteur de mon visage, je sentis mon sang se figer dans mes veines. Étaient-ce des yeux ?
Les lianes n'avaient pas d'yeux, pourtant !
Soudain, je compris. Ce n'étaient pas des lianes. C'étaient des serpents !

12

Je me mis à hurler.
– Joanna ! cria aussitôt Jack. Ce sont des serpents !
Celui qui entourait ma taille glissa sur mon bras droit. Il était couvert d'écailles épaisses qui m'égratignèrent au passage.
J'inspirai profondément et le saisis avec ma main gauche. Il était chaud !
Je tirai de toutes mes forces pour me dégager. Mais rien n'y fit !
Au contraire, il resserra davantage son étreinte. Ses yeux froids me fixaient tandis qu'il remuait sa langue fourchue. L'autre monta sur ma cuisse ! Je n'en pouvais plus, j'étais couverte de sueur.
– Joanna, aide-moi ! pleura Jack. Ils sont partout !
– Sur… sur moi aussi, bégayai-je.
Mon frère écarquillait les yeux de terreur. Il se tortillait dans tous les sens pour essayer de se libérer.

Les serpents se contractaient maintenant. Ils sifflaient, lentement, comme pour nous montrer qu'ils avaient tout leur temps pour nous étouffer.
– Ils vont nous manger, hurla Jack.
Je ne répondis pas. Une langue râpeuse venait de se promener sur mon cou.
Froides ! Leurs langues étaient froides et gluantes. Je fermai les yeux et retins ma respiration.
« S'il vous plaît, ne me piquez pas, ne me mordez pas », implorai-je.
Un grondement sourd retentit. Ma requête avait dû être entendue. Fleg surgit d'un buisson. Il nous considéra, la bouche grande ouverte.
Qu'allait-il faire ?
– Serpents doubles yeux ! s'écria-t-il en fixant les reptiles.
J'étais horrifiée et tremblais de tous mes membres. Que voulait dire « serpents doubles yeux » ?

13

– Félicitations, dit Fleg en remuant la tête, admiratif. « Serpents doubles yeux », bravo ! Et vous avez le culot de prétendre que vous ne savez pas jouer !

Les serpents maintenaient leur prise, m'empêchant de respirer.

– De… de quoi parlez-vous ? articulai-je d'une voix faible.

– Vous avez VINGT points ! grogna-t-il. Avec cent points, vous avez gagné. Il faudra qu'on joue serré, sans ça on va perdre.

– Des points ? Première nouvelle ! Pour l'instant, on se fiche de gagner ou de perdre. J'étouffe. Enlevez-moi ces sales bêtes.

– Que je les enlève ? Elle est bien bonne, celle-là !

– S'il vous plaît, supplia Jack. Vite !

– Mais pourquoi ? demanda Fleg, manifestement étonné. Ils pourraient vous mordre !
– Oui, justement. Dépêchez-vous, par pitié, le suppliai-je.
Les reptiles passèrent leurs langues sur mon cou. Mon estomac se souleva de dégoût.
– Mais s'ils vous mordent, vous marquez soixante points, continua Fleg. C'est un triple !
– Mer… merci, dis-je. Se faire mordre pour… pour marquer des points, pas question ! Fai… faites vite !
Il avança vers moi en sortant ses griffes. Il gratta le ventre du serpent enroulé autour de mon bras, qui lâcha prise et se faufila dans les bois. Il appliqua le même traitement à l'autre serpent qui s'enfuit également.
– Ils sont très sensibles à cet endroit, expliqua Fleg, ils ne supportent pas qu'on leur touche le ventre.
Il se dirigea vers Jack, qu'il libéra aussi.
Puis le monstre recula de quelques pas. Mes bras et mes jambes me démangeaient. Je me relevai avec difficulté, certaine que ces reptiles me donneraient des cauchemars pendant des années.
Fleg s'appuya tranquillement à un pin.
– Dommage, Joanna, déclara-t-il d'un ton détaché. Tu aurais pu m'attaquer et me toucher !

Catastrophe ! Je venais de laisser échapper la seule chance de nous en sortir ! Mais comment pouvais-je le savoir ?
Il éclata de son rire désagréable avant de disparaître dans la nature. Je restai immobile, la bouche ouverte, n'arrivant pas à y croire.
– Chat ! s'écria Jack. J'ai compris ce que veut dire « attaquer ». Joanna, il suffit de toucher un de ces monstres en criant : « Bête qui vient de l'est ! » et il devient cette bête ! C'est comme le jeu de chat !
À ces mots, il partit en courant sur les traces de Fleg, comme un fou.
– Jack, attends-moi ! criai-je en me lançant à sa poursuite.
Au bout de cent mètres, je ramassai une pierre orange et la jetai dans sa direction.
Ma main devint immédiatement… orange ! Le projectile heurta un tronc d'arbre, juste devant mon frère, et eut pour effet de l'arrêter. Nous étions arrivés dans un espace dégagé qu'éclairait le soleil.
– Joanna ! protesta mon frère. Il faut toucher une de ces créatures en lui criant « Bête qui vient de l'est ». Nous n'avons pas de temps à perdre. C'est la seule manière de gagner et de ne pas se faire manger.

– À mon avis, ce n'est pas aussi simple, répondis-je le plus calmement possible.
– Pourquoi ? demanda Jack, la mine renfrognée. C'est juste une partie de chat !
– Pas exactement. Ce n'est pas le jeu auquel on joue d'habitude ! dis-je en désignant le sol.
Jack s'approcha et se figea, horrifié.

14

– Qu'est-ce que c'est ? demanda Jack.
– Ce sont des ossements ! affirmai-je. Reste à savoir s'ils proviennent d'un être humain ou d'un animal.
Ces os avaient été rongés consciencieusement. Ils étaient tout propres, et luisaient faiblement.
– Tu ne remarques rien d'autre ? dis-je en montrant la terre.
– Quoi ? demanda Jack en fronçant les sourcils.
– Sous les ossements, le sol est tout marron ! C'est la zone « repas gratuits » !
Jack laissa échapper un cri de terreur.
– C'est tout ce que les monstres ont laissé de leur victime ! Tu comprends pourquoi ce jeu n'est pas aussi simple ! dis-je. C'est un jeu à la vie… à la mort !
– Seulement si on perd, Joanna ! précisa Jack qui

reprenait courage. Tu sais quoi ? Les monstres vont nous aider.

– Comment ça, ils vont nous aider ?

– On va les y obliger !

– De quelle manière ?

Jack afficha son sourire en biais :

– Facile, tu vas faire semblant d'être en danger. C'est en nous entendant appeler au secours que Fleg a surgi ! Il suffit que tu sois encore attaquée par des serpents ou qu'on trouve une menace du même genre pour qu'un monstre apparaisse. Ils n'ont sans doute pas envie que leurs proies leur échappent.

– Quoi ? m'écriai-je, les yeux ronds. Mais je n'ai pas envie de revoir un…

– Ne t'inquiète pas, ça va marcher, dit Jack. On appellera au secours, et quand une créature s'approchera, tu la toucheras en criant « bête qui vient de l'est » ! Facile, non ?

– Je ne marche pas. C'est trop dangereux. Je veux retourner à la rivière et trouver le chemin de notre clairière !

– Enfin, pourquoi es-tu si têtue ?

– Parce que c'est moi, la « bête qui vient de l'est » ! C'est moi qu'ils vont manger quand le soleil sera couché !

– Je suis certain qu'on peut gagner !

J’avais besoin de me calmer pour m’éclaircir les idées, de réfléchir. Je fis quelques pas. Finalement, les arguments de Jack étaient assez convaincants. Mon frère avait peut-être raison : il suffisait de toucher n’importe quel monstre.

– D’accord, dis-je enfin. Tentons le coup !

De toute façon, je n’avais pas le choix.

15

Un grand sourire illumina le visage de Jack :
– Je vais grimper au sommet d'un arbre. Je pourrai repérer les endroits où se cachent les monstres.
– Vas-y, dis-je. Mais ne reste pas trop longtemps là-haut.
Jack examina les chênes immenses et touffus qui nous entouraient.
– Celui-là me paraît bien, décida-t-il. Il est assez grand. Regarde, les branches forment un nœud au centre.
Elles étaient même recouvertes de petites feuilles dorées.
– C'est un jeu d'enfant, crâna-t-il. On dirait une échelle.
Je m'assis par terre pour l'attendre.
Jack posa le pied sur la première branche et

commença son ascension. Il progressait lentement, en faisant très attention à ses appuis.
– Tu vois quelque chose ? demandai-je, impatiente.
– Oui, un nid bizarre, avec de très gros œufs.
– Et les monstres, tu les vois ?
– Pas encore, répondit-il en disparaissant dans la végétation.
– Jack, tu m'entends ? criai-je, soudain inquiète. Où es-tu ? Réponds-moi !
Je me remis debout et levai la tête, en essayant d'apercevoir mon frère. Je le retrouvai enfin ! Il était presque arrivé au sommet, avançant prudemment. Soudain, je vis le chêne se balancer de droite et de gauche. Je retins ma respiration. Finalement, son idée n'était peut-être pas si bonne !
Surtout s'il fallait que j'aille à son secours.
– Jack, fais attention ! hurlai-je tellement fort que ma gorge me fit mal.
Le tronc remua, d'abord lentement, puis de plus en plus vite. Des morceaux d'écorce s'en détachèrent et tombèrent en tourbillonnant. Puis les branches remuèrent d'avant en arrière, formant comme un coude.
Je restai là, paralysée. Ces mouvements me rappelaient un geste familier. Oui ! C'étaient des bras monstrueux !

Je n'arrivai pas à y croire. Ils cherchaient quelque chose. Ils voulaient mon frère !

– Jack, hurlai-je en l'apercevant au sommet.

Je tournai comme une folle autour de l'arbre, le frappant à coups de poing.

– Descends, Jack ! hurlai-je. Cet arbre… cet arbre est ensorcelé !

16

Jack jeta un coup d'œil en bas depuis son poste d'observation.

– Qu'est-ce qui se passe ? me demanda-t-il.

– Vite, descends ! criai-je.

Trop tard. Les branches du sommet saisissaient déjà ses bras, le maintenant comme dans une pince. D'autres le fouettèrent violemment.

Il poussa un cri horrifié.

– Joanna, au secours ! hurla-t-il. Aide-moi !

Que pouvais-je faire ? Impuissante, je voyais avec angoisse des branches monter. Elles l'attrapèrent et le tinrent serré.

C'était un cauchemar ! Un tel arbre n'existait pas dans la réalité ! Malheureusement, il était bel et bien là !

Jack tentait de se libérer en agitant ses pieds qui pendaient dans le vide.

– Lâchez-moi ! hurlait-il.
Des bras le maintenaient fermement, d'autres le frappaient. Voulaient-ils l'assommer ?
Le pauvre Jack criait de plus en plus fort. Il secoua les jambes dans tous les sens, mais elles furent bientôt maîtrisées. Le chêne entier remuait sauvagement. Même les plus petites branches, qui n'arrivaient pas à atteindre mon frère, sortaient leurs griffes.
Je restai là, immobile. Les plus grosses l'amenèrent vers le gros nœud situé au centre de l'arbre pour le faire disparaître. C'était la bouche !
– Joanna, aide-moi, supplia-t-il d'une voix à peine audible. Il va m'avaler !
Il fallait que je trouve une solution pour l'arracher aux griffes de ce chêne carnivore. Oui, mais quoi ?
« Si on s'est débarrassé des serpents, m'encourageai-je, peut-être que… »
C'était une idée incroyable, mais je devais essayer.
« Si cet arbre a réagi à la présence de Jack, ça veut dire qu'il peut éprouver des sensations ! Si ça se trouve, on peut lui faire lâcher prise. Comme pour les serpents ! »
– Aide-moi, Joanna, implorait Jack d'une toute petite voix.
L'échéance approchait. Il ne me restait plus beau-

coup de temps avant que mon frère disparaisse. Je sautai sur le tronc. Une branche se pencha et me frappa la tête. Une autre essaya de me gifler. Elles voulaient m'empêcher d'approcher de la bouche monstrueuse afin qu'elle puisse avaler mon petit frère tranquillement.

Je trouvai une parade en me courbant : j'étais ainsi hors d'atteinte.

N'écoutant que mon courage, je grattai l'écorce.

D'abord avec une main, puis avec les deux.

Il me sembla sentir le chêne frissonner !

Était-ce le fruit de mon imagination ? Je recommençai à le gratter.

« Lâche mon frère, fiche-lui la paix », pensai-je pour me motiver.

– Jack, tu m'entends ? dis-je tout haut. Tu m'entends, réponds !

Il n'y eut que le silence !

– Jack, Jack…

Mon frère ne répondait plus.

17

Je n'abandonnai pas pour autant et grattai le tronc de plus en plus fort. Le chêne commença à se trémousser.

Des feuilles se mirent à tomber ! J'en fus couverte, mais je continuais à gratter l'écorce encore et encore. Les branches s'agitèrent et se balancèrent. L'arbre tout entier frétillait.

« Ça marche », me dis-je, tout excitée.

Redoublant d'efforts, je levai les yeux. Soudain les bottes de Jack apparurent au milieu de la végétation. Puis ses jambes et sa tête !

Les bras de l'arbre se secouaient en tremblant.

Jack parvint à se libérer complètement. Il descendit aussi vite que possible.

– Dépêche-toi, lui criai-je tout en continuant à gratter l'écorce. Je ne tiendrai pas longtemps.

Lorsqu'il fut à deux mètres du sol, il sauta.

Il atterrit, s'étalant de tout son long à mes pieds. Je l'attrapai par la main et nous bondîmes hors de portée du chêne.
– Jack, tu vas bien ? demandai-je, angoissée.
– Oui, je suis juste un peu essoufflé. Bravo, Joanna ! me félicita-t-il en se débarrassant des feuilles qui s'étaient accrochées à ses vêtements. J'ai eu le temps de voir des monstres !
Je me mordis la lèvre. Avec l'aventure que nous venions de traverser, j'avais oublié le jeu !
– Ils étaient trois : Fleg, Spork et un autre, avec une drôle de queue. Ils sont par là, continua Jack en montrant la direction du doigt.
– Qu'est-ce qu'ils fabriquent ?
– Ils se sont cachés derrière un gros rocher gris. Tu peux les surprendre comme un rien !
– C'est ça ! ironisai-je, les yeux agrandis par la peur. Comme un rien !
– Joanna, je suis sûr que tu y arriveras.
Jack passa devant pour m'indiquer le chemin.
Nous marchâmes à travers les bois, jusqu'à l'endroit qu'il avait repéré.
La lumière diminuait, l'air fraîchissait. Le soir approchait. Dans peu de temps, le soleil allait se coucher ! Et où était ce maudit grand saule ? Pas de doute, nous allions perdre et mourir. Depuis combien d'heures étions-nous perdus ?

– C’est là ! déclara soudain Jack, triomphant.
Au milieu d’une petite clairière se dressait le rocher gris, craquelé. Il était assez volumineux pour dissimuler une bonne douzaine de créatures.
Mon cœur s’accéléra brusquement.
– On va se cacher derrière ce grand chou, dit Jack.
Dès que nous fûmes à l’abri, j’inspirai profondément. Mon estomac était trop noué.
– Vas-y, lança Jack.
– Non, viens avec moi. Je ne me sens pas capable de les affronter toute seule.
– Ne sois pas ridicule. À deux, on ferait trop de bruit.
Il avait raison. De plus, la manœuvre paraissait facile. Les monstres ne se doutaient pas de ma présence. Il suffisait que je me précipite, que j’en attrape un et que je lui tape sur l’épaule en disant : « bête qui vient de l’est » !
– À la guerre comme à la guerre, dis-je en respirant à pleins poumons. J’y vais !
J’avançai lentement et silencieusement vers mon objectif. En me retournant, je vis Jack qui levait son pouce en signe d’encouragement.
Quelques pas de plus, et j’y étais. Le rocher était juste devant moi.
Je m’élançai, les mains tremblantes.
– Bête qui vient de l’est ! hurlai-je.

18

– Ça alors ! laissai-je échapper, les yeux écarquillés. Ma main n'avait rencontré que le vide. Les trois monstres étaient partis ! Il restait juste un tas de fruits éventrés, éparpillés sur le sol.

Fleg et ses deux complices s'étaient envolés !

– Jack, viens ! appelai-je. Vite !

– Qu'est-ce qu'il se passe ? demanda mon frère en me rejoignant.

– Il se passe qu'ils sont partis, m'écriai-je d'un ton de reproche. Alors, on fait quoi ?

– Ce n'est pas ma faute, protesta-t-il.

Je restai silencieuse, déçue et effrayée.

Une rafale de vent nous enveloppa, transportant une odeur aigre. Le ciel se teintait de rose. Non ! Le soleil se couchait !

– C'est sans espoir, Jack, murmurai-je, le cœur serré.

– Tu sais ce qu'il nous faut ? dit mon frère en secouant la tête. C'est un nouveau plan !
Un nouveau plan ? Il ne manquait pas d'humour.
– Regarde ! Cette pierre semble bizarre, s'exclama-t-il en s'appuyant sur le rocher.
– N'y touche pas, surtout !
Mais il suffit qu'on interdise quelque chose à mon frère pour qu'il le fasse. Évidemment, il enfonça son index dans un trou.
L'énorme caillou se mit à trembler.
Une fissure apparut. Elle s'élargit en un éclair.
– Qu'est-ce que ça veut dire ? hurla Jack en retirant vivement son doigt.
Un nuage de fumée s'échappa de l'ouverture. BOUM !
Nous sautâmes en arrière en nous bouchant les oreilles. Mille pétards avaient explosé à la fois.
Un tourbillon de fumée s'élevait maintenant. Elle était suffocante et nous piquait les yeux.
Elle atteignit la cime des arbres en un rien de temps. Dix secondes plus tard, elle s'était dissipée.
Le rocher s'était volatilisé ! Et qui se trouvait au milieu de la clairière ? Fleg !
Derrière lui apparut Spork, puis les autres. Ils nous fixaient intensément.
– Tu as touché le rocher : punition, annonça Fleg. Le jeu est interrompu.

– Quoi ? fit Jack en se serrant contre moi.
Le monstre donna un coup de queue à son voisin.
– Attrape-le, Gleeb, dit-il dans un grognement.
Le groin de ce dernier frissonna. Les yeux exorbités, il tendit le bras pour saisir Jack.
– Eh ! Attendez, dis-je. Jack ne savait pas que ça entraînait une punition.
– C'est pas du jeu, cria mon frère.
Les bêtes ignorèrent notre protestation.
Gleeb s'empara de Jack. Il le balança d'une patte à l'autre avant de le laisser tomber à terre.
Jack poussa un cri déchirant lorsque la créature se pencha pour l'attraper de nouveau.
Les monstres éclatèrent de leur rire ignoble, frappant dans leurs mains couvertes de poils.
– Arrêtez, hurlai-je à mon tour. Laissez-le partir.
– Oui, oui, chantèrent-ils. On y va, on y va !
– Dites-lui de relâcher mon frère, ordonnai-je à Fleg, furieuse.
– Il a touché le rocher, ça mérite une punition ! C'est la règle.
– Mais on ne les connaît pas, vos règles ! C'est injuste !
Il fallait que je libère ce pauvre Jack. Je tendis les bras pour l'arracher aux griffes de Gleeb.
– Montre-moi ta main droite, me demanda brusquement Fleg.

Il la plaça à la hauteur de ses yeux et l'examina attentivement.

– Les quatre couleurs ! s'exclama-t-il. Ça vaut soixante points ! Vous en êtes à quatre-vingts. Vous connaissez ce jeu, vous y avez déjà joué, c'est évident. Ne me racontez pas de mensonges !

J'observai ma paume. Effectivement, il y avait le jaune du morceau de bois, le rouge de l'arbre, le bleu de la plante en forme d'ombrelle et l'orange de la pierre.

– M… mais, bégayai-je, je ne l'ai pas fait exprès. C'est arrivé comme ça !

Les monstres se consultèrent du regard.

– Allons-y, ordonna Fleg. Le jeu reprend.

Gleeb jeta Jack sur son épaule. La troupe suivit leur chef dans les bois.

– Joanna, pleurnichait Jack tandis que la bête l'emmenait.

Je me lançai à leur poursuite. Mais je me sentais complètement inutile. J'étais dans l'incapacité d'attaquer l'un d'eux.

D'abord, je ne savais pas où se trouvait l'est. Ensuite, ils couraient le long d'un sentier bordé de cailloux géants que je craignais de toucher, de peur de récolter une punition.

– Arrêtez ! Où l'emmenez-vous ? criai-je d'une voix suraiguë. Qu'allez-vous lui faire ?

19

Le groupe des monstres s'arrêta à l'entrée d'un passage creusé dans le plus grand des rochers. Courbant la tête, ils se précipitèrent à l'intérieur. N'ayant pas le choix, je les suivis, le cœur battant et les jambes flageolantes.

– Joanna, Joanna !

La voix de Jack se répercutait contre les parois. Les bêtes, très excitées, riaient et discutaient. Certaines donnaient des coups de pattes dans le plafond.

Tout tremblait dans le tunnel : le sol, les parois.

– Jack ! hurlai-je en sachant pourtant que le vacarme couvrirait ma voix.

Une lumière apparut devant moi.

« Où suis-je encore ? » me demandai-je en débouchant dans une vaste clairière.

Au centre, une énorme boîte en bois pendait d'un

arbre. Une sorte de gigantesque cage à oiseaux munie d'une petite porte sur le côté.
Sur cette porte était fixé un panneau où était écrit : CACHOT DE PUNITION.
Gleeb hissa Jack, de façon à ce que tous puissent le voir. Il le tint ainsi un long moment en tournant sur lui-même.
Mon pauvre frère hurlait, terrorisé.
Fleg et ses compagnons tapaient du pied, frappaient dans leurs mains.
– NON ! criai-je. Ne faites pas ça !
– Mais c'est la règle, déclara Fleg, impassible. Il doit aller en prison, puisqu'il a touché le « rocher des punitions ». C'est comme ça, un point c'est tout.
Gleeb poussa violemment sa proie dans la cage. Il claqua la porte qu'il verrouilla avec un loquet en bois.
– Sors-moi d'ici, Joanna, je t'en prie, supplia Jack.
Derrière les lattes de bois, son visage rond était déformé par la terreur.
– Ne t'inquiète pas, Jack, le rassurai-je. Je vais te sortir de là. Quand allez-vous le libérer ?
– Quand on le mangera ! répondit calmement Fleg.

20

– Mais c'est moi, la « bête qui vient de l'est » ! m'écriai-je en marchant à petits pas vers les monstres. C'est moi que vous devez manger.
– Désolé, fit semblant de regretter Fleg. On dévore aussi les joueurs mis au cachot. Ne me dis pas que tu as oublié cette règle de base. Tout le monde la connaît !
– Il doit y avoir un autre moyen de le faire sortir, répliquai-je en m'approchant de lui.
– Certainement, il faut qu'il mange une tarentule vivante, expliqua-t-il tranquillement en grattant son double menton.
– Une tarentule ? m'exclamai-je en m'avançant vers lui avec précaution.
Fleg fronça les sourcils.
– Et, bien sûr, tu vas prétendre que tu l'ignorais, dit-il en me tournant le dos.

En une seconde, je me précipitai sur lui.
– Bête qui vient de l'est ! criai-je en lui frappant l'omoplate.
Fleg se retourna :
– Non, nous faisons une pause. Ça ne compte pas !
– Comment ? m'indignai-je. Vous n'avez pas le droit de changer les règles quand ça vous arrange.
– Je n'ai rien changé, prétendit-il en s'assurant que le loquet en bois tenait bon. Les règles sont les règles.
Les autres approuvèrent en grognant, excités comme des puces. Ils paraissaient bien s'amuser.
Tout à coup, Fleg donna le signal du départ. La troupe quitta la clairière. Elle se dispersa dans la forêt. Ils me laissaient seule !
– Joanna, continuait de crier ce pauvre Jack en tapant sur les parois de sa cage. Sors-moi d'ici !
J'étais désespérée. Comment pouvais-je le libérer à cette hauteur ?
Ses cheveux tombaient sur ses yeux. Ces barreaux lui donnaient l'air tellement misérable !
– Je t'en supplie, fais quelque chose.
– Écoute, je ne vois qu'une solution. Il faut que je réussisse à toucher un monstre. Tu peux voir de quel côté ils sont partis ?
– Oui, il y en a quelques-uns par là, dit Jack en m'indiquant une direction.

– J'y vais. Tiens bon jusqu'à ce que j'y arrive.
Je voulais l'encourager, lui donner l'impression d'être sûre de moi. J'aurais tellement aimé y croire moi-même !
– D'accord, fit Jack. Mais dépêche-toi !
Une rafale balança soudain la cage dans tous les sens. Jack se recroquevilla, serrant ses genoux dans ses bras. Après lui avoir jeté un dernier coup d'œil, je m'enfonçai dans les bois.
Les ombres s'allongeaient sur le sol. Le ciel tournait au rose vif. Le coucher du soleil était proche !
Tandis que je marchais, je perçus des bruits de feuilles froissées. Le vent soufflait bruyamment à travers les branches des arbres. Je trébuchai sur une vieille souche, manquant de m'étaler de tout mon long.
La forêt devenait très dense. Je devais absolument me dépêcher.
Tout à coup, j'aperçus un monstre. Il était assis derrière une de ces plantes dont les larges feuilles formaient des ombrelles. La tête penchée sur son imposante poitrine, il dormait à poings fermés.
Voilà, j'avais ma chance !
Je m'approchai à pas de loup. Il changea de position. Je retins mon souffle.
« Dans une seconde, il sera la “ bête qui vient de l'est” », pensai-je en prenant mon élan.

Mais avant que j'aie pu l'atteindre… la terre se dérobа sous mes pieds.
Je tombai dans le vide.

21

L'atterrissage fut brutal !

Je heurtai violemment un rocher pointu.

– Aïe ! criai-je.

J'avais du mal à respirer et mon corps était douloureux.

Il faisait noir comme dans un four.

« Ça y est, pensai-je, tout est fichu. Le jeu est terminé. »

– Il y a quelqu'un ? appelai-je par réflexe.

Personne ne répondit.

Je me remis sur pied avec peine. Mon épaule me faisait souffrir.

Pour repérer l'endroit où je me trouvais, j'inspectai à tâtons les parois qui m'entouraient. J'étais au fond d'un puits couvert de poussière. C'était un nouveau piège ! Et j'étais encore une fois la proie !

Je cherchai un point d'appui qui me permettrait d'escalader ce trou.
Je trouvai une forme sortant de la paroi. Elle était froide ! Malgré mon dégoût, je serrai les dents et l'empoignai fermement.
« Ça doit être une racine », pensai-je avec espoir.
Je plaçai ma main droite plus haut et en trouvai d'autres ! Génial !
Je posai mon pied sur la première racine qui résista. J'attrapai celle du dessus et me hissai.
Mais mon mouvement déclencha une chute de terre, et je dus me plaquer contre la paroi. J'étais couverte de poussière de la tête aux pieds. Dès que l'avalanche cessa, je repris mon ascension, avec mille précautions.
Combien de temps me restait-il avant le coucher du soleil ?
Je m'arrêtai un instant pour me reposer. Mon épaule m'élançait toujours. Puis je me remis à grimper.
Crac ! Mon pied venait de déraper. Je me retins par une main, la jambe pendante.
Crac ! L'autre racine céda !
Je tombai en hurlant.
Le deuxième atterrissage fut aussi brutal que le premier. Je restai un long moment allongée sur le sol, respirant avec difficulté.

Un rayon de soleil apparut alors en haut du puits. Malgré la lumière incertaine, je vis que le sol du piège était… marron.
Non ! C'était une « zone de repas gratuits » !
J'étais à la merci des monstres qui pouvaient venir me dévorer à n'importe quel moment !
La terreur me glaça le sang. Au loin retentirent des pas lourds. Les bêtes se rapprochaient.
Je me recroquevillai contre la paroi.
– Par ici ! criait Fleg. Elle est là-dedans !

22

La tête de Fleg apparut dans l'ouverture du puits. Je parvins même à distinguer son double menton.
– Je t'ai trouvée ! cria-t-il, les yeux rivés sur moi.
Spork se glissa près de lui.
– J'ai une faim de loup, annonça-t-il en m'adressant un sourire en forme de grimace. Et ça sent drôlement bon en bas.
Gleeb passa alors sa tête ébouriffée entre les deux autres monstres.
– Sortons-la ! ordonna Spork qui grognait déjà de plaisir. Et à table !
Je couvris mon visage avec mes deux mains.
– Ne me dévorez pas, gémis-je d'une petite voix plaintive. Je ne vous ai rien fait !
Fleg haussa les épaules :
– Tu sais, quand on joue, parfois on gagne, parfois on perd.

Spork et Gleeb plongèrent leurs longs bras dans le puits.
Je me pressai de toutes mes forces contre la paroi.
– Allez-vous-en, les suppliai-je. Vous avez gagné, je vous donne mes quatre-vingts points. Mais laissez-moi tranquille !
– Tu sais bien qu'on ne peut pas rendre les points qu'on a gagnés, me gronda Fleg.
Les deux autres acquiescèrent en grognant.
Je me tournais de tous les côtés à la recherche d'une arme. Une racine ?
J'en arrachai une grosse et la brandis, l'air le plus menaçant possible :
– Restez où vous êtes, ou vous allez voir ce que vous allez voir !
De qui me moquais-je ? Avec cette racine, je ne pouvais faire de mal à personne. Ils le savaient bien. Ils n'avaient rien à craindre de la « bête qui vient de l'est », de moi, de leur… dîner !
Fleg se pencha un peu plus en avant et huma l'air. Ses doigts n'étaient qu'à quelques centimètres de moi.
Je m'accroupis. J'aurais voulu m'enfoncer dans la terre comme une taupe !
Les pattes de Fleg se rapprochaient.
– Arrête de te baisser, cria-t-il. Tu me donnes encore plus faim !

– Ce n’est pas juste ! protestai-je.
– J’en ai assez de ses jérémiades, dit Spork, ses yeux ronds brillant de convoitise. Attrape-la, Fleg !
Ce dernier fit un dernier effort et me saisit par le bras. Je sentis ses griffes s’enfoncer dans ma chair.
« Ça y est, pensai-je tristement. C’en est fini de moi ! »

23

Un nuage passa dans le ciel, plongeant le trou dans une obscurité totale.

– Plongé dans l'ombre ! hurla alors Spork en se tapant sur le front.

Fleg lâcha mon bras aussitôt. Je retombai sur les genoux.

– Plongé dans l'ombre, répéta Spork.

– Plongé dans l'ombre, renchérit Gleeb.

Je me relevai péniblement. Le sang battait dans mes tempes.

– Qu'est-ce qu'il se passe ? demandai-je.

– Tu es libre ! m'annonça Fleg en reniflant rageusement. Du moins pour l'instant.

– Pou… pourquoi ? bredouillai-je, soulagée.

– Nous n'avons plus le droit de te toucher. « Plonger dans l'ombre » interrompt provisoirement la partie. Mais tu ne peux l'utiliser qu'une fois !

Une fois ? C'était bien assez ! Je n'avais pas l'intention de poursuivre ce jeu épouvantable définitivement.
– Nous devons te laisser partir, cette fois, regretta Gleeb en soupirant. Mais n'oublie pas que tu es toujours la « bête qui vient de l'est ».
– Avant le coucher du soleil, il faut que tu touches l'un de nous ! me rappela Spork. Et qu'ensuite tu trouves le grand saule.
– On s'en va, ordonna Fleg.
Je les entendis s'éloigner de leur pas lourds, en râlant.
– Attendez, dis-je. Comment puis-je sortir ? Comment vais-je faire pour toucher quelqu'un si je suis coincée ici ?
Fleg réapparut dans l'ouverture. Furieux, il serra une pierre rose qui dépassait du bord du puits.
Il y eut un craquement sinistre. Aussitôt, le fond du puits se mit à monter. Il s'arrêta exactement à la hauteur du sol.
Incroyable ! J'étais vraiment libre.
Je sautai hors du cercle des « repas gratuits ». J'essayai tant bien que mal d'enlever la poussière qui recouvrait mes vêtements et mes cheveux.
– Attention, cria Fleg en s'éloignant, le soleil est presque couché. Le jeu se termine bientôt !
– Oui, ajouta Spork, fais vite.

– Bonne chance, dit Gleeb en découvrant ses horribles crocs.
Puis tous les trois s'engouffrèrent dans un tunnel.
– Eh ! attendez ! criai-je en me lançant à leur poursuite.
Ils marchaient devant moi et grattaient les murs et le plafond avec leurs griffes.
À la sortie du passage, ils se séparèrent, chacun courant dans une direction différente.
Par où devais-je aller ? Je n'avais pas de temps à perdre. Je choisis de suivre Fleg.
Il se faufilait entre les arbres, sautant par-dessus de maigres taillis.
Je haletai, m'efforçant de ne pas le perdre de vue.
Fleg accélérait l'allure. J'étais hors d'haleine.
– Je vous toucherai ! criai-je, désespérée.
Fleg se retourna. Il me regarda par-dessus son épaule avant de s'enfoncer dans les bois.
Je m'arrêtai, ce n'était plus la peine de courir. À en juger par le ciel rouge sombre, le soleil serait bientôt couché.
J'étais condamnée à trouver un monstre de toute urgence. Et le grand saule !
– Ouh, ouh ! par ici !
Quelqu'un venait de m'appeler.
Je me retournai. Debout entre deux grands arbres, Spork me faisait signe.

Je courus immédiatement vers lui.
Il s'engagea sur un sentier sinueux que je suivis.
Que pouvais-je faire d'autre ?
Soudain, je trébuchai sur un caillou et tombai.
Le temps de me relever, la créature avait disparu.
– Fleg, Spork, Gleeb, appelai-je. Où êtes-vous ?
J'étais à bout, totalement découragée.
Je scrutai les environs. Soudain… une tête bleue, toute poilue, émergea d'un buisson.
C'était ma dernière chance.
Rassemblant mes dernières forces, je fonçai sur ma proie.
– Bête qui vient de l'est ! criai-je.

24

Un grognement me répondit. Le bébé monstre leva les pattes.

Il mesurait moins d'un mètre de haut ! Il ne pouvait donc pas participer au jeu…

Quelle malchance !

Mes espoirs s'évanouirent, une fois de plus.

De rage, je ramassai une pierre. Je la lançai violemment au loin, dans les bois.

– Il n'y a donc personne ici ? Venez jouer, à la fin !

Le petit croisa ses pattes en gloussant gaiement.

Pourquoi l'avait-on laissé là tout seul ? Un de ses parents devait forcément se cacher dans les parages pour le surveiller. Un monstre que je pourrais toucher !

J'eus beau scruter les environs, je ne trouvai que des rochers et des grands arbres. Je me voyais mal chercher derrière chaque tronc.

Je patientai, espérant que l'une de ces bêtes allait montrer le bout de son nez.
Puis je me ravisai : je n'avais pas de temps à perdre.
Il fallait que je bouge.
J'avançai, essayant de ne pas faire de bruit. Soudain, j'écrasai des brindilles.
Je m'immobilisai aussitôt, craignant d'être trahie par le craquement. Non, autour de moi le silence était total.
Je fis encore quelques mètres. Où se trouvaient ces monstres, à la fin ?
Un léger murmure me fit sursauter.
Il provenait de derrière un gros rocher dont le bord était découpé en dents de scie.
Je le contournai prudemment.
Debout dans la pénombre, Spork y était adossé et parlait tout seul en grattant sa cicatrice.
J'aurais pu l'atteindre facilement.
Oui, mais si ce gros caillou était un « rocher des punitions », il risquait de se transformer en fumée au cas où je le toucherais.
Je n'avais aucune envie de subir le sort de mon pauvre Jack et de me retrouver suspendue en l'air, dans une cage.
Il fallait pourtant que je prenne le risque. J'inspirai profondément et décidai de m'approcher.
Spork se retourna pour scruter les bois.

– Est-ce toi, bébé ? cria-t-il.

Je me jetai à plat ventre. M'avait-il repérée ? Mon cœur battait à tout rompre.

Génial ! Spork soupira et s'éloigna du rocher en continuant à murmurer entre ses dents.

Je me relevai avec précaution. Encore trois mètres… plus que deux.

J'essuyai mon front couvert de sueur.

C'était trop beau pour être vrai. Il ne s'était pas rendu compte de ma présence.

– Bête qui vient de l'est ! hurlai-je en lui appliquant une claque dans le dos.

Spork sursauta en agitant les pattes. Il n'allait pas s'évanouir au moins !

– Ça y est, ça y est ! m'écriai-je gaiement. J'ai gagné ! Nous sommes libres !

Il grogna, me dominant de toute sa grande taille. Il n'avait pas du tout l'air contrarié. Pourtant, il avait perdu !

– C'est vous la « bête qui vient de l'est », répétai-je.

Spork leva une patte paresseuse pour gratter sa cicatrice.

« Que se passera-t-il s'il refuse d'obéir aux règles ? » pensai-je avec angoisse.

Un frisson de peur me parcourut le dos.

– Dites donc, protestai-je, furieuse. Vous devez

vous plier aux règles du jeu. Je vous ai touché comme il faut !
Spork me regarda comme si j'étais folle.
Quelque chose clochait. Mais quoi ?
Pourquoi se taisait-il ?
En guise de réponse, il retroussa ses babines pour m'adresser une horrible grimace.

25

– Tu m'as touché du côté ouest, gloussa Spork. Ça ne compte pas !

Je devins rouge comme une tomate !

– Mais enfin, je vous ai eu ? pleurnichai-je.

– Désolé, tu es toujours la « bête qui vient de l'est », dit-il, plié en deux de rire. Il faut que je m'occupe du bébé.

Comment avais-je fait pour oublier cette règle fondamentale ?

Le sang battait à mes tempes, j'avais mal partout. En plus, j'avais faim.

Spork se tenait là, secoué par le rire qu'il essayait en vain de maîtriser.

Excédée, je levai les yeux au ciel.

Je revins à Spork, que j'examinai avec attention. Quand Fleg n'était pas là, il semblait moins menaçant, presque inoffensif.

Je montai sur le rocher qui dominait une partie du paysage. Au loin, le soleil était en train de se coucher derrière moi. Il était donc à l'ouest… Soudain, une idée me traversa l'esprit.
– Attendez, dis-je. Vous ne voudriez pas jouer à un de mes jeux ?
– Mais on n'a pas terminé celui-là, objecta-t-il, tout étonné.
– On ferait une pause, proposai-je en descendant de mon poste d'observation. Il est trop long. Le mien est beaucoup plus sympa.
– Comment s'appelle-t-il ? demanda le monstre en grattant sa cicatrice.
– Le Cadre glacé, répondis-je rapidement.
Mes deux frères l'adoraient !
– On tourne sur soi-même à toute vitesse, et quand je dis stop, on s'immobilise tous, comme si on était gelé. Celui qui tient le mieux debout a gagné.
– Ça a l'air drôle, dit Spork. D'accord.
– Allons-y alors.
Sans perdre la créature des yeux, je me mis à faire la toupie.
– Plus vite, Spork, plus vite ! l'encourageai-je.
Ses bras s'écartèrent tellement il tourbillonnait.
Sa queue arracha des buissons. Il commençait à trébucher.
– On ne s'arrête pas, lui criai-je.

Il ne m'entendait plus, prêt à s'écrouler.
– Stop, fis-je sans prévenir.
Il se figea sur place.
Je me précipitai aussitôt.
– Bête qui vient de l'est ! déclarai-je en le touchant de nouveau. Je vous ai touché du côté est, cette fois. Il plaça ses deux pattes sur la tête et ferma les yeux. Encore chancelant, il s'appuya contre un tronc d'arbre pour retrouver son équilibre. Il se frappa alors le front avec sa patte.
– D'accord, admit-il. Je suis « la bête qui vient de l'est ».
Il passa sa longue langue sur ses babines et poussa un profond soupir.
– Oui, oui, c'est vous, m'exclamai-je en sautant de joie, tout excitée. Je suis libre ! Le jeu est fini. Maintenant, je vais aller retrouver Jack. Où est-il ?
Spork montra le chemin de droite avec sa patte griffue.
– J'y vais ! m'écriai-je.
C'était le plus beau jour de ma vie !
– Eh bien, mon cher Spork, salut, lui dis-je avec un grand sourire. À un de ces jours !
– Pas si vite, s'exclama le monstre. Je crains que tu aies mal compris !

26

– Mal compris ? demandai-je à Spork. Vous ne pouvez pas changer les règles comme ça.

– Navré, tu ne seras en sécurité qu'après le coucher du soleil. Et tu dois trouver le grand saule. Le jeu continue ! s'écria-t-il en me dévisageant avec son air têtu.

Le grand saule ! Je l'avais oublié. Je réussis à apercevoir un bout de ciel coincé entre deux arbres. Il était devenu gris. Il ne me restait plus beaucoup de temps. En aurais-je suffisamment pour découvrir cet arbre ?

Il était hors de question que je redevienne la « bête qui vient de l'est ». Il fallait donc que je le cherche. Mais par où ?

– Ne reste pas ici, conseilla Spork, je pourrais te toucher.

– Ça, jamais ! Plutôt mourir.

Avant que j'aie eu le temps de faire un geste, Fleg jaillit hors d'un buisson. Son double menton tressautait.
Gleeb se faufila derrière lui.
– Elle m'a eu, avoua Spork.
– Je savais que tu avais déjà joué à ce jeu avant, Joanna, rugit Fleg.
Je serrai les poings, furieuse. J'en avais assez !
Ils m'avaient forcée à jouer. Je n'avais pas l'intention de perdre.
– Je compte jusqu'à cent, m'avertit Fleg. Ensuite, on te poursuit.
Il se retourna et commença à compter. Un, deux…
Il ne me restait qu'une solution : courir le plus vite possible.
« File, ne t'arrête surtout pas, me dis-je. Ne pense à rien. Trouve la direction du grand saule. »
– Prête ? On y va ! s'écria Fleg.
Derrière moi, ils grognaient, impatients de m'attraper. Quittant le sentier, je me frayai un passage à travers de hautes herbes coupantes qui se dressaient entre des chênes. Je franchis un champ de gros choux à la vitesse de l'éclair.
J'avais mal aux mollets. Mes pieds me brûlaient. Mais je ne pouvais pas m'arrêter… pas avant d'avoir trouvé le grand saule.
Soudain, le bruit d'une cascade attira mon atten-

tion. Je m'y précipitai, manquant de tomber dans l'eau. Un gros poisson bleu sauta pour me saisir par les chevilles !

Manifestement, ce n'était pas une bonne cachette.

Je retournai dans les bois.

Le vent se leva, me fouettant le visage.

– Me voilà ! cria Spork sur ma gauche.

Je pris mes jambes à mon cou, bien décidée à ne pas me laisser toucher par Spork.

Par où aller ?

C'est alors que je vis, à quelques mètres de moi, l'entrée d'un tunnel. Je m'y engouffrai. Le passage était obscur. Mais c'était presque merveilleux tellement c'était calme… Il n'y avait pas l'ombre d'un monstre. Je ralentis l'allure et me mis à marcher à petits pas.

À la sortie du passage, je m'appuyai contre un arbre, pour reprendre haleine. Je respirais si fort que j'eus peur que les bêtes ne m'entendent.

J'avais à peine recouvré mon souffle que la terre se mit à trembler. Les créatures se rapprochaient ! J'aperçus un taillis sous lequel je me glissai, me faisant toute petite.

Heureusement ! Deux secondes plus tard, Fleg, Spork et Gleeb émergeaient du tunnel. Quatre autres monstres les accompagnaient. Ils avaient tous le museau levé, humant l'air à la recherche

de mon odeur. Mais ils passèrent près du buisson sans me voir ni me sentir… Ils s'enfoncèrent dans les bois.
J'attendis deux minutes pour être certaine qu'ils étaient partis. Le silence était total. Je rampai pour quitter mon abri. Puis je me redressai et je m'étirai en poussant un soupir de soulagement.
Pas pour longtemps ! Une cavalcade retentit derrière moi.
Terrorisée, je n'eus pas le temps de me retourner. Deux bras m'entourèrent la taille. Quelqu'un me plaqua au sol !

27

Je me débattis en donnant de grands coups de pied.

– Reste tranquille, ordonna une voix familière.

– Jack ! m'écriai-je en reconnaissant mon agresseur. Tu es sain et sauf ! Comment as-tu fait pour sortir de cette cage ?

– Une cage ? Quelle cage ? De quoi parles-tu ? dit-il, me dévisageant sans comprendre.

– La cage des punitions. Comment as-tu fait pour t'en échapper ? Ils t'ont libéré ?

– Mais je ne suis pas Jack. Je suis Pat !

Pat ! Quelle idiote ! Je le serrai dans mes bras, toute confuse. Je n'avais jamais été aussi contente de le voir.

– Où étais-tu passé ?

– C'est à vous qu'il faut demander ça ! Je vous ai cherchés partout. Ces bois horribles donnent la chair de poule ! Et où est Jack, au fait ?

– Les monstres l'ont capturé ! Quand tu nous as quittés, ils nous ont forcés à jouer un drôle de jeu et…
– Un jeu, mais quel jeu ? m'interrompit Pat. J'étais perdu, tout seul, pendant que vous faisiez joujou !
– Ce n'est pas ce que tu penses !
Je lui fis rapidement le récit de nos aventures depuis que nous nous étions séparés.
– Ils nous ont obligés à jouer, dis-je en parlant tout bas. Seulement, ce n'est pas pour s'amuser !
C'est un jeu mortel. J'étais la « bête qui vient de l'est » et…
– Ah ! bon, m'interrompit Pat, incrédule.
– Tu ne me crois pas ?
– Non ! répondit-il, impassible. Tu ne me crois jamais, alors pourquoi devrais-je te croire ?
– C'est simple : si on perd, ils nous mangent.
Pat éclata de rire.
– Ce n'est pas une blague, m'écriai-je en le saisissant par les bras pour le forcer à me faire confiance. C'est la pure vérité, c'est terriblement dangereux. Fleg, Spork et les autres me cherchent en ce moment. Et si je ne trouve pas le grand saule…
– Woof, woof, aboya-t-il en se dégageant. Tu as raison, woof woof !
– Chut ! Tu vas nous faire repérer. Ils sont là,

autour de nous. Ils vont nous attraper si nous ne faisons pas attention.
– Je suppose que ce jeu est une idée à eux ?
– Oui, bien sûr !
– Et que ces créatures parlent le français ?
– Absolument, et…
– Tu es encore plus folle que je le croyais ! Trêve de plaisanteries ! Où est passé Jack ?
Je n'eus pas le temps de répondre. Un rugissement terrible nous fit sursauter. Je reconnus Fleg !
Un grognement suivit. Les monstres étaient dans le tunnel !
– Pat, viens par ici ! criai-je.
Une bête mugit tout près de nous.
Les pas lourds se rapprochaient. Le sol tremblait.
Pat ouvrit de grands yeux.
– Les voilà, chuchotai-je. Ce sont eux. Tu me crois, maintenant ?
– Oui, dit-il dans un murmure étouffé.
– Elle est par là ! avertit une créature.
– Filons ! ordonnai-je à Pat.
Nous courûmes dans la forêt, sautant au-dessus des troncs d'arbres morts, écartant les branches qui nous fouettaient le visage.
– Par là, dis-je en saisissant la main de Pat. Cachons-nous derrière ce buisson.
Spork passa si près que je l'entendis renifler.

– Tu crois qu'il peut nous sentir ? s'inquiéta Pat.
– Chut ! dis-je en mettant un doigt sur ses lèvres.
Immobiles, nous vîmes Fleg marcher dans notre direction. Comme Spork, il nous dépassa sans nous découvrir.
Mais je ne me faisais pas d'illusions : les suivants finiraient bien par nous trouver.
Nous devions donc quitter notre taillis pour trouver le grand saule. Sans attendre, nous rampâmes dans les bois. Les arbres étaient très proches les uns des autres. Les fourrés étaient si épais qu'on ne pouvait pas voir à travers.
Tandis que nous progressions à tâtons, j'étendis un bras devant moi.
Ma main rencontra une sorte de bosse chaude !
Couverte de fourrure.

28

Je bondis en arrière, percutant Pat.

Qu'avais-je touché ?

Les buissons s'écartèrent. Un monstre bizarre pointa un drôle de museau. Un monstre très différent des autres. Il avait le corps d'un énorme berger allemand et la tête ridiculement petite d'un écureuil.

« Toutes ces créatures sont incroyables », pensai-je. Bien entendu, cet étrange animal savait aussi parler. Nous n'étions plus à une surprise près.

– Vite, dit-il d'une voix rauque et aiguë. Par ici.

Fallait-il le croire ? Mais avions-nous le choix ?

– Dépêchez-vous, insista-t-il en agitant sa queue. Levant une patte, il indiqua un impressionnant rideau de végétation orange.

Pat eut un mouvement de recul. J'avançai d'un pas décidé. Une caverne apparut derrière les feuilles.

– Viens, dis-je à Pat. Ça a l'air d'être une bonne cachette en attendant de trouver le saule.
– C'est LA CACHETTE ! annonça le chien-écureuil en écartant les branchages. Vite !
Il avait raison de nous presser. Le sol trembla de nouveau. Au loin, je distinguai la fourrure bleue de Fleg et de ses compagnons. Ils se rapprochaient rapidement.
– On ferait mieux d'entrer, Pat, tu sais.
Il hésitait encore. Je le pris par la main et nous pénétrâmes dans le refuge.
Brusquement, je me souvins de ce qui était arrivé à Jack quand il avait touché le rocher des punitions. Cette « cachette » nous réservait-elle le même genre de traitement ? J'en frémis d'épouvante et recommandai à mon frère de ne pas toucher les parois.
La terre vibrait de plus en plus ! Les monstres arrivaient !
– Où est-elle passée ? lança Fleg.
– Elle ne peut pas être loin, répondit Spork.
Pat et moi grelottions. Dans la caverne il faisait un froid humide et l'air sentait mauvais.
– Essayons de nous asseoir confortablement, proposai-je. J'espère que ça ne sera pas long.
À peine avais-je fini ma phrase que ma nuque me chatouilla.

J’étendis le bras pour me gratter et… quelque chose effleura ma joue !

– Aïe ! m’écriai-je quand je ressentis la piqûre.

Je me retournai vers Pat. Il agitait la tête dans tous les sens.

Une bête bourdonnait près de son oreille. D’autres se glissèrent dans mes cheveux.

J’eus beau me secouer, mon corps entier me démangeait. Pat se tordait comme un ver, se donnant des tapes.

– Au secours ! m’exclamai-je. Qu’est-ce qui nous arrive ?

29

– Au secours ! criai-je. À l'aide !
Le chien-écureuil passa la tête par l'entrée de la caverne.
– Qu'est-ce que c'est ? lui demandai-je en me tortillant en tout sens.
– Ah ! oui, j'ai oublié de vous dire que cette cachette sert de repaire aux moustiques géants.
Des moustiques !
– Quelle horreur ! gémit Pat en se frottant le dos contre la paroi.
Il y en avait partout ! Ils volaient, vrombissant comme des avions, se posaient sur nos jambes, nos bras, nos visages, nos cheveux…
Malgré nos efforts pour les chasser, ils revenaient sans cesse à la charge.
– Joanna, aide-moi, pleurnicha Pat.
Le chien-écureuil passa de nouveau la tête :

– Chut ! La « bête qui vient de l'est » revient. Ne faites plus un bruit ou elle va vous trouver.
Voilà qui n'arrangeait pas nos affaires. Nous nous serrâmes l'un contre l'autre pour nous donner du courage.
Je retins ma respiration, essayant de rester immobile. Je devais oublier ces horribles insectes.
Je fermai les yeux et m'imaginai dans ma salle de bains, puis dans ma chambre, admirant les affiches accrochées aux murs. Ou sur mon lit si confortable, avec ses épaisses couvertures. J'allais peut-être m'endormir…
Mais les moustiques ne nous avaient pas oubliés !
Il fallait que je me gratte, que je bouge. Il m'était impossible de rester dans leur repaire une seconde de plus.
J'allais me lever lorsque le pas d'un monstre se fit entendre dehors, tout près de l'entrée. Je reconnus la voix de Spork.
– Eh ! dit-il au chien-écureuil. Tu n'aurais pas vu une étrangère par hasard ?
À en juger par son ton, ils semblaient se connaître. Étaient-ils amis ?
– Tu réponds, oui ou non ? insista Spork.
« Ne lui dites rien, chien-écureuil », le suppliai-je en silence.
Un énorme moustique atterrit sur mon visage.

Je l'attrapai avec les doigts et essayai de le faire partir. Il resta accroché à ma joue.
L'envie de hurler était plus forte que moi. J'ouvris la bouche. J'étais incapable de me retenir !

30

– Ah !

J'avais plaqué une main sur ma bouche, ne laissant échapper qu'un tout petit cri ! Les feuilles orange s'écartèrent.

– Qu'est-ce qu'il y a là-dedans ? demanda Fleg au chien-écureuil.

– Des moustiques, des milliers de moustiques.

« Des millions », rectifiai-je tandis qu'ils vrombissaient tout autour.

Fleg passa le nez à l'intérieur de la caverne :

– Quel vacarme ! Et qu'est-ce qui sent aussi mauvais ?

– Les insectes, répondit le chien.

– Beurk ! C'est trop dégoûtant, murmura Fleg en reculant.

– Alors, elle est partie de l'autre côté, conclut Spork. Dépêchons-nous, il ne reste que dix

minutes de jeu. Je vous garantis que je la trouverai. Je ne supporterai pas qu'un être humain fasse de moi la « bête qui vient de l'est » !
Si j'avais bien compris, il ne restait que dix minutes… Si Spork ne touchait personne avant la fin du jeu, mes frères et moi serions libres. À condition que Jack n'ait pas été dévoré… et que je trouve le grand saule !
Mes jambes tremblaient. Les démangeaisons étaient tellement épouvantables que je ne pouvais plus contrôler mes muscles et m'empêcher de bouger. Incapable de rester une minute de plus dans cet endroit, je passai la tête dehors.
– Ils sont partis ? chuchotai-je au chien-écureuil.
– Oui, pour le moment, répondit-il.
– Sortons d'ici, dis-je à Pat.
Dès que nous fûmes hors de la caverne, je me grattai la tête comme une folle. Je me frottai même le dos contre un tronc d'arbre.
Pat tapait des pieds par terre.
– J'en ai plein mes chaussures, se plaignit-il.
Il enleva ses bottes. Une dizaine d'insectes s'envolèrent.
– Ça va me démanger jusqu'à la fin de mes jours, dis-je, pleurant presque.
– Vous feriez mieux de vous enfuir, intervint le chien-écureuil. Ils vont sûrement revenir, et vous

n'avez le droit de vous cacher dans cette grotte qu'une seule fois par jeu. Si j'étais vous, j'irais par là, c'est l'ouest.

Écoutant son conseil, nous plongeâmes de nouveau dans la forêt.

Avançant avec difficulté, nous vîmes devant nous un arbre dont les branches descendaient jusqu'à terre. Quel choc !

– Le GRAND SAULE ! chuchota Pat.

Nous l'avions trouvé ! Le chien-écureuil nous avait indiqué la bonne direction.

Mais il ne restait que deux minutes.

– Vite, par là, murmurai-je, entraînant Pat derrière un rocher plat. Quand le soleil se sera couché, nous serons sauvés.

Pat acquiesça sans dire un mot. Il était visiblement angoissé.

– Restons allongés, et surtout ne touche pas ce rocher.

Nous attendîmes. Mon cœur tapait comme un marteau dans ma poitrine. Je me serrai contre mon petit frère et tendis l'oreille.

Le silence était total, juste troublé par le vent sifflant dans les branches.

– Tu crois qu'on est en sécurité ? demanda Pat d'une toute petite voix.

– Pas encore.

Je levai les yeux vers le ciel gris foncé. Un dernier rayon pourpre passait encore au-dessus du saule.
– Dépêche-toi, dis-je au soleil. Couche-toi ! À quoi tu joues ?
La lueur pourpre s'évanouit. Le ciel s'obscurcit davantage. Il faisait enfin nuit !
– Ça y est, on a gagné, on a gagné ! m'exclamai-je en sautant sur mes pieds.
Nous sortîmes de notre cachette, fous de joie.
Nous nous embrassâmes.
Mais notre joie ne dura pas longtemps… Une main lourde frappa mon épaule.
– Bête qui vient de l'est ! hurla Spork.

31

– Quoi ? m'exclamai-je, abasourdie.
Spork avait tapé si fort que la douleur persistait.
– C'est pas du jeu, s'écria Pat.
Les monstres surgirent des bois pour se rassembler autour de nous. Mon frère ne les avait jamais encore vus de si près.
– Le soleil est couché, il fait nuit ! protestai-je de toutes mes forces.
– Le jeu est fini, annonça Fleg qui souffla dans un long sifflet.
Furieuse, je montrai le grand saule du doigt.
– Le soleil s'était couché derrière le saule. Spork n'avait plus le droit de me toucher !
– Le jeu n'était pas terminé ! insista Fleg. Je n'avais pas sifflé la fin.
Les créatures approuvèrent d'une seule voix.
Je serrai les poings de rage, cherchant des argu-

ments pour plaider ma cause. Ils n'ignoraient pas que je ne connaissais pas cette règle. Mais je savais qu'ils ne m'écouteraient pas. Je baissai la tête, résignée. La partie était perdue !

Pat ravala un sanglot :

– Que vont-ils nous faire, Joanna ?

– Je te l'ai déjà dit, ils vont nous manger, tout simplement !

Fleg fit un pas vers nous, me saisit par la taille et me bascula sur son épaule.

Spork souleva Pat comme un fétu de paille et le plaça également sur son épaule.

– Lâchez-le, remettez-le par terre ! hurlai-je.

– C'est ton équipier. Nous mangeons toujours les équipiers, répliqua-t-il tranquillement.

– Laissez-moi tranquille, hurla Pat.

Ignorant nos protestations, les monstres nous emmenèrent jusqu'à une petite clairière au centre de laquelle brûlait un feu. De grandes flammes bleues et jaunes montaient vers le ciel.

Fleg et Spork nous déposèrent au pied d'un arbre. Les créatures bavaient et se pourléchaient les babines. Leurs estomacs gargouillaient.

– C'est jour de fête, dit Spork en souriant de toutes ses dents. Les jours de fête, on fait toujours un barbecue.

Puis il attisa le feu en remuant les bûches avec

une longue barre de métal, qu'il brandit ensuite vers moi.
– Miam-miam, fit-il méchamment en se frottant le ventre.
Gleeb tira un lourd chaudron qu'il plaça au milieu du foyer.
Fleg cueillit des fruits, les cassa en deux et versa le jus jaune dans le récipient. Il y ajouta des herbes et des feuilles de plantes aromatiques.
Gleeb mélangea le tout avec un long bâton. Une odeur infecte se dégagea de cette préparation.
– Le bouillon est prêt, annonça-t-il fièrement.
– Désolée, dis-je à Pat. J'ai perdu.
– Je suis désolé, moi aussi, Joanna, murmura-t-il en pleurant.
Les monstres chantèrent en cadence :
– C'est la fête, c'est la fête aujourd'hui.
– Est-ce que quelqu'un a apporté la sauce ? demanda Spork. Je meurs de faim.
Fleg me prit dans ses bras. C'était fini. Il m'emmenait vers le chaudron !

32

– Arrêtez, hurla derrière nous une voix familière.
Je tournai brusquement la tête.
– Jack ! m'exclamai-je.
– Joanna, cria-t-il en courant vers nous. Que se passe-t-il ? À quoi jouent-ils maintenant ?
Fleg me reposa à terre.
– Jack, va-t'en, lui ordonnai-je.
– M… mais, bégaya-t-il en s'arrêtant au milieu de la clairière.
– File vite, sinon ils vont te manger aussi, cours…
– Capturez-le, hurla Spork aux autres monstres.
Gleeb et trois autres créatures se précipitèrent sur mon frère. Jack fit demi-tour et s'enfuit. Il fonça dans les bois et disparut derrière des pins.
Désespérée, j'assistai à la chasse qui commençait. Je croisai mes doigts, priant pour qu'ils ne le retrouvent jamais.

« Jack va s'en sortir, c'est sûr, me dis-je. Il va courir tellement vite qu'ils ne le rattraperont pas. Il ramènera du secours. »
Pat et moi attendîmes en silence, surveillés par Spork, les yeux fixés sur la forêt obscure.
Quelques instants après, les monstres revinrent… avec Jack. Quelle horreur !
Mon frère se débattait furieusement. Gleeb le projeta sans ménagement sur le sol, près de nous.
Maintenant, ils avaient leurs trois prisonniers.
Fleg et Spork nous contemplaient avec convoitise.
Gleeb passait sa longue langue sur ses lèvres.
Quel festin en perspective !
– Comment as-tu fait pour sortir de ta cage ? demandai-je à Jack.
– Ça n'a pas été trop dur, répondit-il. Les barreaux étaient fragiles, je les ai écartés suffisamment pour m'échapper.
– Tu aurais mieux fait de rester loin d'ici, parce que maintenant ils vont te manger aussi !
Jack leva les yeux et vit le chaudron prêt à nous accueillir.
– Mais… mais, je ne veux pas jouer, moi ! bégaya-t-il.
– Malheureusement… le jeu est fini ! lui annonçai-je tristement.

33

– Silence ! ordonna Fleg. C'est l'heure du dîner, arrêtez de jacasser !

Mais, dès qu'il vint plus près de nous, il parut étonné. Il dévisagea Jack et Pat, cligna des yeux, secouant pensivement la tête. Il s'approcha de Spork et Gleeb pour leur chuchoter quelque chose. Les autres monstres les rejoignirent. Ils fixèrent alternativement les jumeaux. Tout en murmurant, ils bougèrent leurs grosses têtes de bas en haut. Pendant qu'ils parlaient, leurs museaux remuaient.

– Vous vous êtes dédoublés, vous avez fait un « clone classique » ! s'écria Fleg.

– Pardon ? demandai-je sans comprendre. Vous n'avez jamais vu de jumeaux ?

– Ils sont identiques. Nous appelons ça un « clone classique ». Pourquoi ne pas nous l'avoir dit plus

tôt ? Ça signifie que vous êtes des joueurs du troisième niveau !
Mes frères et moi échangeâmes des regards stupéfaits. De quoi parlait-il ?
– Vous n'êtes pas dans le bon jeu, poursuivit Spork, l'air déçu.
– Si vous pouvez vous dédoubler, ça veut dire que vous êtes des joueurs du troisième niveau ! insista Fleg en frappant son front poilu. Veuillez nous excuser. Vous auriez pu nous prévenir !
– Je vous avais dit que nous ne voulions pas jouer, répliquai-je. Mais vous n'avez rien voulu entendre.
– Oh ! je suis désolé, dit Fleg, tout rouge. Nous sommes du premier niveau. Des débutants, pas des experts comme vous.
– Experts, nous ? fit Pat en roulant des yeux.
– Oui, confirma Fleg. Nous n'avons le droit de jouer que quand il fait jour. Pas la nuit.
Les monstres nous entouraient, marmonnant des excuses, remuant la tête.
– Nous devons vous libérer, conclut Fleg en grattant son double menton.
– C'est évident ! lançai-je avec autorité.
J'avais envie de crier et de sauter de joie. Mais je me retins.
– Alors, on est libres ? s'écria Jack.
– Oui ! au revoir, dit Fleg, la mine renfrognée.

Il frotta son ventre qui gargouillait. Puis il leva la patte, comme pour nous chasser.
– Au revoir, répéta-t-il.
Je bondis sur mes pieds. Cette libération m'avait redonné mon énergie.
Cette fois, le jeu était vraiment terminé !
– Comment faire pour retrouver nos parents ? demandai-je.
– Rien de plus facile, affirma Fleg en nous indiquant une direction. Suivez ce chemin à travers les grands arbres, il vous conduira dans votre monde.
Nous ne nous le fîmes pas répéter deux fois.
– Adieu ! criai-je.
Tandis que nous marchions dans la forêt, la lune se leva dans le ciel. Elle brillait, faisant danser les ombres des pins sur le sol. J'avais envie de monter la saluer tellement j'étais contente.
– C'est génial d'avoir des frères jumeaux ! déclarai-je à Pat et Jack.
C'était la première fois que je leur disais une chose pareille. Mais je le pensais vraiment ! Ils nous avaient sauvé la vie.
Des bouleaux apparurent, avec leurs minces silhouettes. Notre monde n'était pas loin, avec ses lumières, ses villes, ses campagnes.
Nos parents devaient être très inquiets. Mais ils

n'allaient jamais croire à notre histoire. Pourtant, j'étais bien décidée à tout leur raconter, dans les moindres détails. Il fallait que j'arrive à les convaincre.

N'en pouvant plus d'attendre, je pressai le pas.

Mes frères avaient du mal à me suivre.

Lorsque nous arrivâmes sur un autre sentier, je m'arrêtai net. Pat et Jack m'imitèrent.

Un énorme monstre s'avançait vers nous, nous empêchant d'avancer.

Il croisa ses bras poilus sur son imposante poitrine.

Il nous contempla de ses yeux gris, couleur de marbre. Il grogna et retroussa ses babines, dégageant de longs crocs.

Cette fois, je n'avais plus peur !

– Poussez-vous, lui dis-je. Vous devez nous laisser passer. Nous sommes des joueurs du troisième niveau.

– Troisième niveau ? s'exclama-t-il. Vous aussi ? C'est génial. Bête qui vient de l'est !

FIN

Chair de poule®

1. La malédiction de la momie
2. La nuit des pantins
3. Dangereuses photos
4. Prisonniers du miroir
5. Méfiez-vous des abeilles !
6. La maison des morts
7. Baignade interdite
8. Le fantôme de la plage
10. La colo de la peur
11. Le masque hanté
14. Le pantin maléfique
16. Le fantôme d'à côté
17. Sous-sol interdit
20. Souhaits dangereux
23. Le retour du masque hanté
27. Comment ma tête a rétréci
29. Le fantôme décapité
32. Les fantômes de la colo
34. Comment tuer un monstre ?
35. Le coup du lapin
36. Jeux de monstres
37. Nuits de cauchemar
41. Le mangeur d'hommes
42. La colo de tous les dangers
43. Les vers contre-attaquent
44. Abominables bonshommes de neige
45. Danger, chat méchant!
47. L'école hantée
51. Le jumeau diabolique
52. Un film d'horreur
55. L'invasion des extraterrestres, I
57. Le manoir de la terreur
60. Un loup-garou dans la maison
61. La bague maléfique
67. La voiture hantée
73. La nuit des disparitions
74. Le fantôme du miroir

Chair de poule®
LE CHÂTEAU DE L'HORREUR

1. Garc aux coups de griffes !
2. La nuit des créatures géantes
3. Les cinq masques du docteur Vocifer
4. L'école des Zombies
5. Interdit de crier !
6. Une fête mortelle

LE BUS DE L'HORREUR

1. La sortie infernale
2. La nuit des apparitions
3. Les frontières de l'angoisse
4. Le manuscrit maléfique

Chair de poule®

MONSTERLAND

1. La planète des nains de jardin
2. Le fils de Slappy
3. Comment j'ai rencontré mon monstre
4. Le chien de Frankenstein
5. Le docteur Maniac va vous recevoir
6. La Prof de la mort
7. Cauchemar à Clown Palace
8. La nuit des marionnettes géantes
9. La créature des marais
10. Le Reptilien d'Oz

Imprimé en Espagne par Novoprint